ごんげん長屋つれづれ帖【一】

かみなりお勝

金子成人

双葉文庫

目次

ごんげん長屋・見取り図と住人

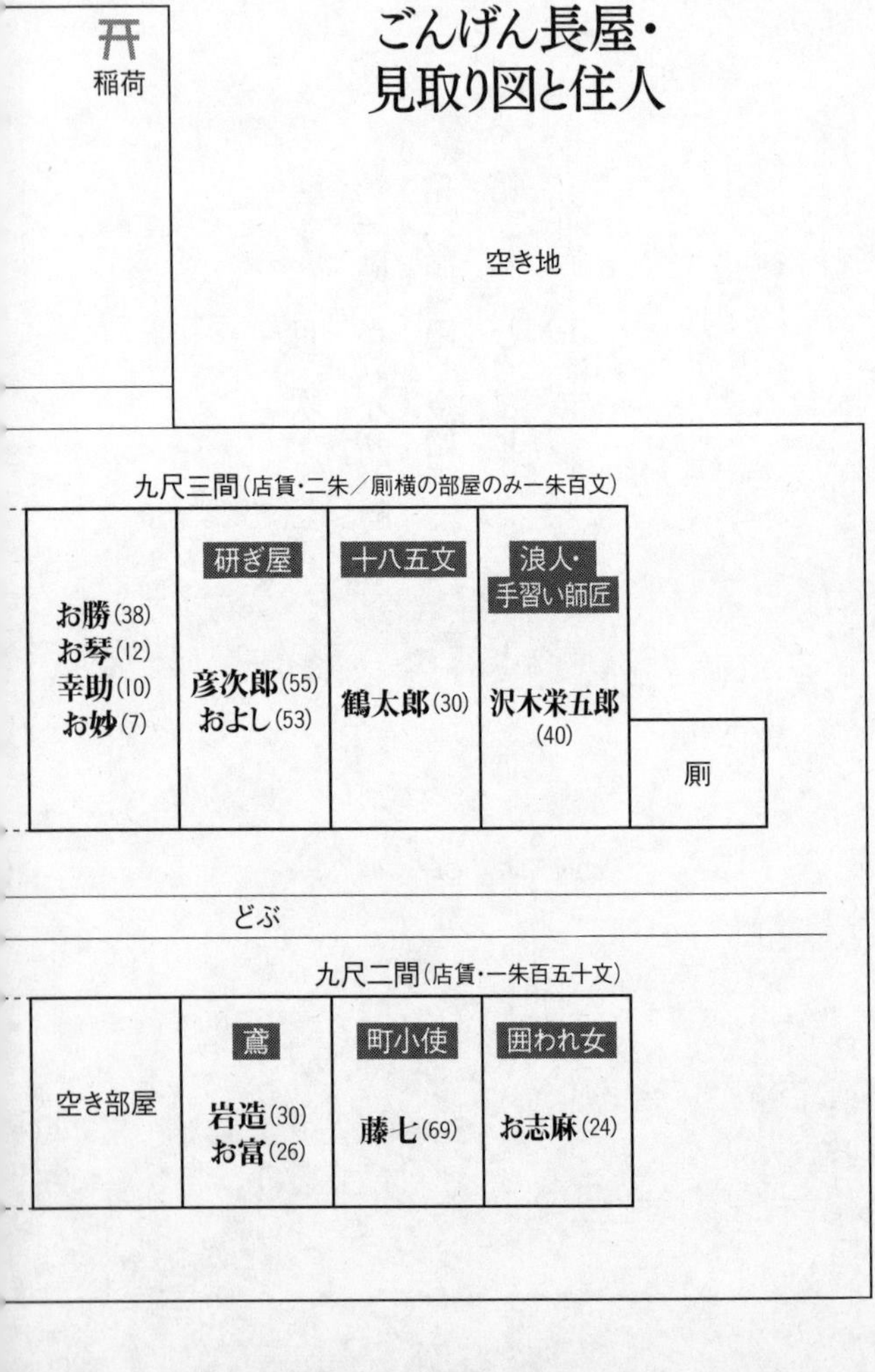

稲荷
空き地
九尺三間（店賃・二朱／厠横の部屋のみ一朱百文）
お勝（38）
お琴（12）
幸助（10）
お妙（7）
研ぎ屋
彦次郎（55）
およし（53）
十八五文
鶴太郎（30）
浪人・
手習い師匠
沢木栄五郎
（40）
厠
どぶ
九尺二間（店賃・一朱百五十文）
空き部屋
鳶
岩造（30）
お富（26）
町小使
藤七（69）
囲われ女
お志麻（24）

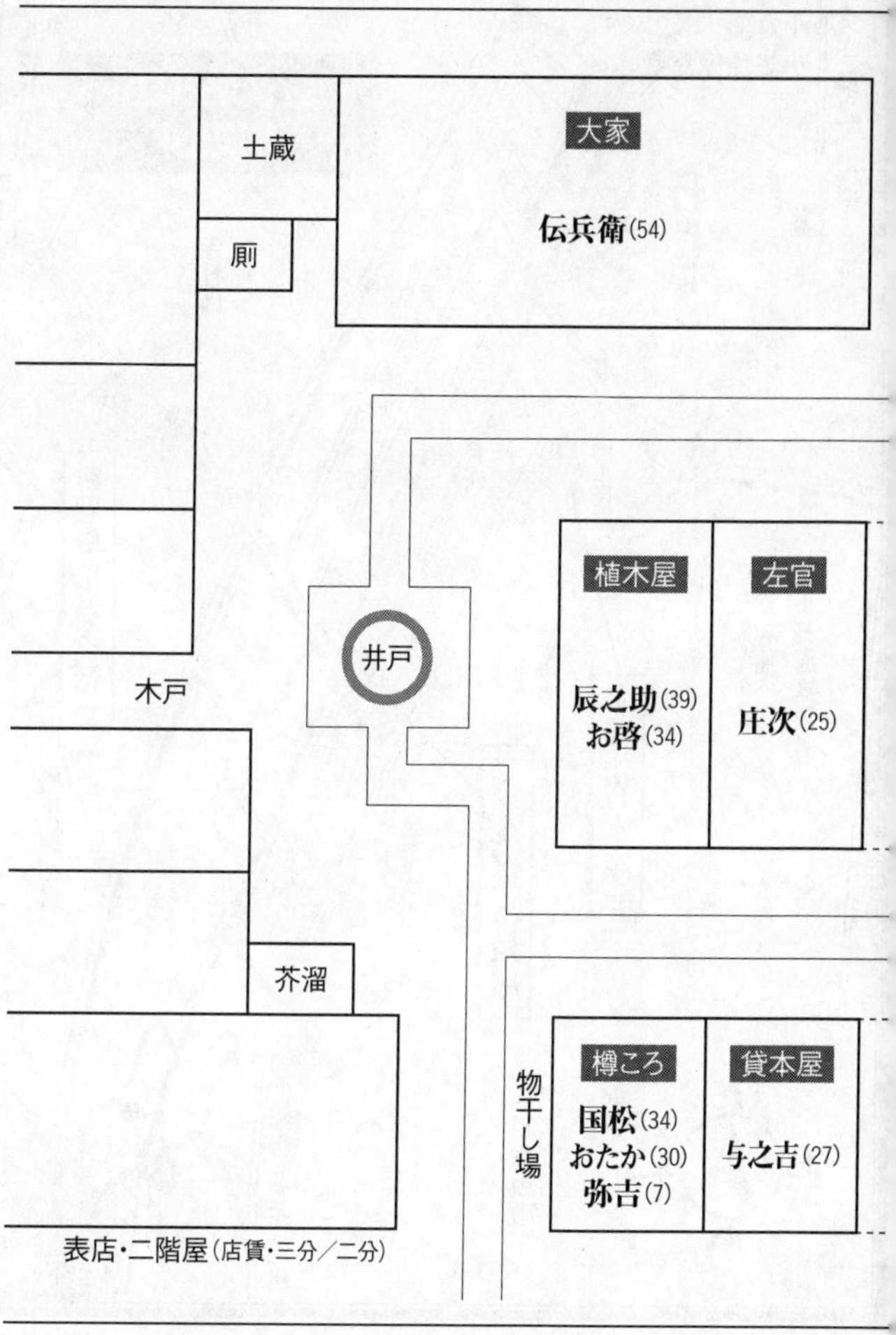
土蔵
大家
伝兵衛(54)
厠
植木屋
左官
井戸
木戸
辰之助(39)
お啓(34)
庄次(25)
芥溜
樽ころ
貸本屋
物干し場
国松(34)
おたか(30)
弥吉(7)
与之吉(27)
表店・二階屋(店賃・三分／二分)

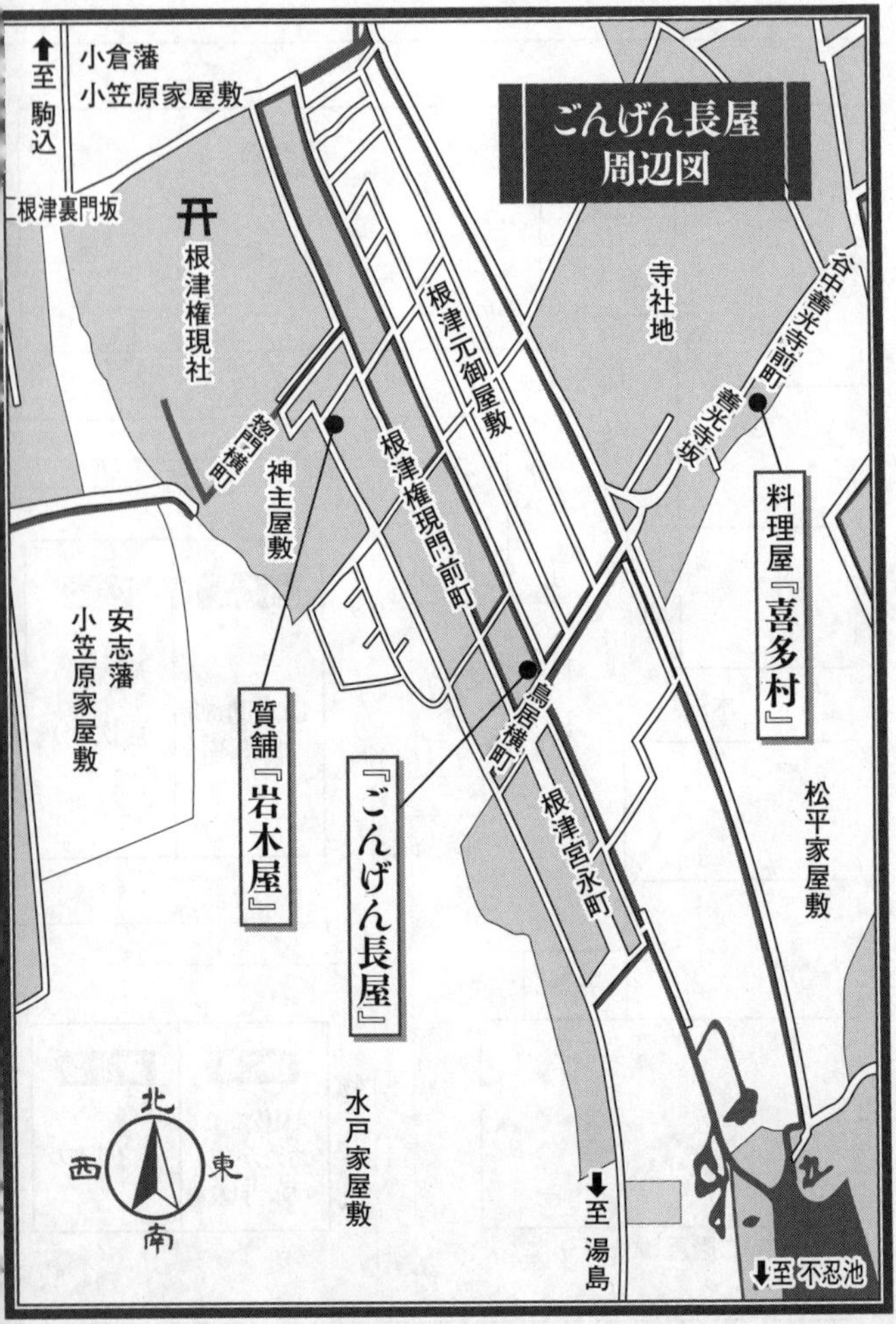

ごんげん長屋
周辺図
至 駒込
小倉藩
小笠原家屋敷
根津裏門坂
根津権現社
惣門横町
神主屋敷
根津元御屋敷
根津権現門前町
寺社地
谷中善光寺前町
善光寺坂
料理屋『喜多村』
鳥居横町
根津宮永町
質舗『岩木屋』
『ごんげん長屋』
安志藩
小笠原家屋敷
松平家屋敷
水戸家屋敷
至 湯島
至 不忍池
北
西
東
南

ごんげん長屋つれづれ帖【一】

かみなりお勝《かつ》

第一話　かみなりお勝《かつ》

一

根津権現門前町《ねづごんげんもんぜんちょう》一帯に、うっすらと靄《もや》がかかっている。

江戸はこのところ、朝晩、かなり冷え込んでいたから、近くの不忍池《しのばずのいけ》の水が靄となって流れ込んできているのではないかとさえ思える。

日の出前の道や家々が白々《しらじら》としている分、よけい寒々しい。

お勝《かつ》の眼の前を行く、荷を積んだ大八車《だいはちぐるま》の車輪が道の小石をじゃりじゃりと踏む音が響いて、寒々しさを通り越して、凍《こご》えてしまいそうな気がする。

火鉢《ひばち》と炬燵《こたつ》の櫓《やぐら》を山のように積んだ大八車を曳《ひ》く弥太郎《やたろう》と、車を押す慶三《けいぞう》の口から、微《かす》かに白い息が吐き出されているのに、お勝は気づいていた。

根津権現社に近いところに看板を掲《かか》げる質舗《しちほ》『岩木屋《いわきや》』を出た大八車は、神主《かんぬし》屋敷《やしき》と根津権現門前町の間を南に延びる道を、根津宮永町《ねづみやながちょう》へと向かっていた。

「『岩木屋』さん、朝っぱらから何ごとだよ」

道具箱を肩に担《かつ》いだ顔見知りの大工が、後ろから追いついて並ぶと、お勝に声を掛けた。

「この先の『春田屋《はるたや》』さんに届け物だよ」

お勝は、根津宮永町にある岡場所の妓楼《ぎろう》の名を口にした。

「質流れの品物を、神田川《かんだがわ》にでも流しに行くのかと思ったよ」

「そんな勿体《もったい》ないことするわけないだろう。質で流れた品物だって、他人様《ひとさま》にお貸しすれば、結構稼いでくれるんだよ」

お勝が、軽口を叩いた大工に笑って答えると、

「そいじゃな」

足を速めてお勝たちを引き離した大工は、行く手の十字路を左へと曲がって消えた。

その直後、上野東叡山《うえのとうえいざん》から時《とき》の鐘《かね》が届き始めた。

六《む》つ（午前六時頃）を知らせる鐘の音である。

捨て鐘が三つ撞《つ》かれた後、六つの鐘が響き、しばらくすると一帯にすっと日の光が広がった。

上野東叡山の向こうに朝日が昇ったようだが、建ち並ぶ家々に遮《さえぎ》られて、お勝たちがいる道から日の出は見えない。

いつもは、これほど早い刻限に荷を届けることはないのだが、この日は月が替わった十月の一日で、炬燵を使い始める日であった。

本来は、十月最初の亥《い》（猪《い》）の日を玄猪《げんちょ》と言うのだが、江戸城では一日に、『玄猪御祝《おいわい》』という儀式があると聞く。

武家にとっては、子孫繁栄を願う大事な日とされているが、町人の間では牡丹《ぼた》餅《もち》を作り、囲炉裏《いろり》や火鉢とともに炬燵を使い始めるというのが毎年の恒例となっている。

大八車に積んだ手焙《てあぶ》りと炬燵の櫓は、根津宮永町の妓楼『春田屋』に届けるものである。

日が高くなると泊まりの客も帰っていくし、奉公人たちも何かと忙しくなるから、妓楼が忙しくなる前に品物を運び入れてもらいたいと、『春田屋』から申し入れられていた。

根津の岡場所は、根津権現門前町と、鳥居横町《とりいよこちょう》の水路を挟んで南側の根津宮永町に多くの妓楼が軒《のき》を並べている。

構えも大きい大見世《おおみせ》もあれば、三畳一間の部屋が並ぶ長屋で客を取る、局見世《つぼねみせ》もあった。

鳥居横町を通り過ぎたところで、大八車の先に立ったお勝が、

「すぐに下ろしておくれ」

弥太郎と慶三に言い置いて、妙極院《みょうごくいん》の真向かいで暖簾《のれん》を掲げている『春田屋』の土間に足を踏み入れた。

「『岩木屋』から参りました」

お勝が声を張ると、土間近くの帳場から、番頭の重松《しげまつ》が出てきた。

「お勝さん自らお届けですか」

「引き取る品物を確かめなきゃなりませんしね」

笑みを浮かべて、お勝は重松に軽く会釈《えしゃく》をした。

「おぉい、為三《ためぞう》どん、お峰《みね》たち、来ておくれ」

五十に近い重松が張りのある声を上げると、ほどなく、下足置き場や広い廊下の奥から、白髪《しらが》交じりの下足番《げそくばん》や、中年の下女が二人と若い衆が小走りに現れた。

「納戸《なんど》に積んだ布団を出して、『岩木屋』さんの荷車に運ぶんだ」

「いえ重松さん、品物に間違いがないか調べますから、一旦、板張りに置いてくださいな」

「間違いなんかありませんよ」

重松は、心外だと言わんばかりに顔をしかめたが、

「眼の前で確かめるというのが、うちと『春田屋』さんとの取り決めですから」

お勝が、笑みを交《まじ》えた顔でやんわりと口にした。

「ま、とりあえず、布団はここに」

重松の声に、男女の奉公人たちは、「へぇい」と声を上げて、帳場と下足置き場の間の細い廊下へと消えていった。

するとそこへ、慶三と弥太郎が木製の手焙りと炬燵の櫓を運び込んできて、板張りに並べ、すぐに表に引き返すと、ほどなく、持てるだけのものを抱えてきて板張りに並べた。

板張りに置き炬燵の櫓が六つ、木製の手焙りが八つ並び終わるとすぐ、『春田屋』の奉公人たちによって運ばれた夏の布団が八組、土間近くに並べられた。

「重松さんは手焙りと櫓を見て、疵《きず》がないかどうか調べてください。その間、わたしたちは、布団を調べさせてもらいますので」

そう言うと、お勝は慶三と組んで布団を広げ、汚れや破れなどの瑕疵《かし》がないか、一枚一枚調べ始めた。

その間、重松は、奉公人たちに指図して、手焙りと櫓に疵がないか調べた。

「こっちは、とりたてて何もないよ」

重松がお勝に声を掛けた。

「どうぞ、運んでくだすっても構いません」

お勝が返事をすると、奉公人たちは一斉に、櫓と手焙りを納戸へと運んでいく。

「重松さん、二枚の布団に破れと染みがありましたよ」

お勝は、布団の破れと染みを重松に指し示し、持参した帳面を開いた。

「四月に運び込んだときに交《か》わした書付には、〈布団に瑕疵なし〉とありまして、ここに重松さんの判も押されていますから、これは、お貸しした後に出来た破れと染みだと思いますよ」

あくまで穏やかな物言いを通したお勝は、広げた帳面を重松に見せた。

「追加の損料《そんりょう》を取られるのか」

忌々《いまいま》しげに呟《つぶや》いて、重松はため息をついた。

「損料の額は、のちほど書付にしてお届けしますので」

お勝は、丁寧《ていねい》に腰を折った。

妓楼『春田屋』のある根津宮永町も、町名こそ違えど、根津権現社の門前町と言えた。

質舗『岩木屋』までは、歩いても大した道のりではない。

『岩木屋』は、根津権現社の南端と境を接する根津権現門前町にある。

神主屋敷前から北へ、惣門横町《そうもんよこちょう》へ延びる道と、東へと向かう道が分かれる丁字路《ていじろ》の角に建つ『岩木屋』は、質舗の看板を大きく掲げているが、脇には『損料貸し』とも併記されている。

貸し賃である損料を取って、寝具や装身具《そうしんぐ》などを貸す商売は以前からあった。

だが、質流れになって蔵に眠る質草《しちぐさ》の処分に困った『岩木屋』の先々代の主人が、その品物を、損料を取って貸し出す『損料貸し』に手を広げたのだと聞いている。

「ただいま戻りました」

お勝が、土間に足を踏み入れると、

「お帰んなさい」

と、八畳はある土間の框《かまち》に腰掛けて煙草《たばこ》を喫《の》んでいた初老の蔵番《くらばん》、茂平《もへい》と、板張りで行灯《あんどん》の紙を張り替えていた、三十代半ばの要助《ようすけ》が、声を揃《そろ》えて迎えた。

「茂平さん、『春田屋』さんの布団は、慶三さんと弥太郎さんが蔵にしまってますから」

そう口にしながら土間から上がったお勝は、帳場に腰を落ち着けた。

「番頭さん」

奥の方からの声に、

「旦那さん、表におります」

お勝が、少し体を捻《ひね》って声の方に返事をすると、『岩木屋』の主人、吉之助《きちのすけ》が目尻を下げて板張りに姿を現し、

「今、蔵の前で慶三に聞きましたが、『春田屋』の番頭がおとなしく追加の損料を払うと言ったらしいね」

帳場の脇に膝《ひざ》を揃えた。

銀鼠《ぎんねず》の着物に墨色《すみいろ》の羽織《はおり》という吉之助の装《よそお》いは、まさに商家の主《あるじ》らしく見える。

「そりゃ旦那、変に逆らって、お勝さんの雷《かみなり》を食らうよりはいいと思ったに違いありませんよ」

「なんだって、茂平《け》さん」

お勝は芝居っ気たっぷりに、凄《すご》んでみせた。

「ほら、落ちた」

「要助、今のはただの遠雷《えんらい》だよ」

吉之助が、茶化《ちゃか》すように口を挟むと、

「旦那さんまで。からかうのはよしてくださいよ」

苦笑いを浮かべて片手を打ち振って、お勝は持ち帰った帳面を机に広げた。

今年の四月、文化《ぶんか》十五年（一八一八）だった元号が、突然、文政《ぶんせい》元年となった。

元号が替わったわけも知らず、亡くなった老中《ろうじゆう》の松平《まつだいら》様に替わって、八月には、将軍の側近である水野忠成《みずのただあきら》が老中首座《ろうじゆうしゆざ》に就《つ》いたという話も、先月になってやっと知ったのだが、お勝やその周辺の人々の暮らしぶりには、これという変化は何もなかった。

月が替わって二日が経《た》った十月三日である。

ほどなく立冬《りっとう》を迎えるこの日、朝の大川《おおかわ》一帯は爽《さわ》やかに晴れ渡っていた。

長さ九十六間《けん》（約百七十三メートル）を誇《ほこ》る両国橋《りょうごくばし》を渡って、西広小路《にしひろこうじ》を通り抜けたお勝は、横山町《よこやまちょう》から馬喰町《ばくろちょう》の通りへと出た。

二親《ふたおや》と兄をはじめ、先祖代々の墓のある深川《ふかがわ》の要津寺《ようしんじ》にお参りに行った帰りである。大川の東岸の御船蔵《おふなぐら》と深川六間堀川《ろっけんぼりかわ》の間にある要津寺に行った帰りは、たいてい、馬喰町に立ち寄ることにしていた。

浅草御門《あさくさごもん》の方から馬喰町四丁目、三丁目と続く通りは、土橋《どばし》のところで小伝馬町《こでんまちょう》三丁目となるのだが、馬喰町通りの両側には、五十軒近い旅人宿《りょじんやど》が軒を連《つら》ねている。

馬喰町二丁目まで歩《ほ》を進めたお勝は、『御宿《おんやど》　亀屋《かめや》』と紺地《こんじ》に白抜きの文字のある暖簾を割った。

「こんにちは」

土間に足を踏み入れて声を掛けると、

「やっぱりお勝ちゃんだ」

女将《おかみ》のおすまが、帳場から出てくるなり、

「お上がりよ」

と、手招きをする。

「そうしたいのはやまやまだけど、根津に戻らないといけないんですよ」

「じゃあ、しょうがないか」

おすまは小さく笑って、土間の近くに膝を揃えた。

お勝が物心ついた頃に、今のご亭主を婿《むこ》に迎えたのを覚えているから、おすまは五十に手の届く年になっているはずだ。

「昨日もね、うちの人と、そろそろお勝ちゃんが現れる頃だなんて話してたんだよ。親や兄さんの命日は忘れたことはないからってね」

「ありがとう。おばさんの元気な顔を見て安心した」

「わたしも安心したよ」

おすまは笑みを浮かべた。そして、

「久しぶりに馬喰町に来たら、いろいろ立ち寄りたいところもあるだろうから、引き留めはしないよ」

と気遣《きづか》ってくれた。

いつかゆっくり伺《うかが》うと口にして、お勝は『亀屋』を後にした。

馬喰町の通りが、浜町堀《はまちょうぼり》とぶつかる一丁目の角で、足を止めた。

料理屋が建っているその角地には、かつて、旅人宿『玉木屋《たまきや》』という、お勝の生まれた家があった。

その実家が、近隣から出た火によって焼失《しょうしつ》したのは、二十年前の寛政《かんせい》十年（一七九八）のことだった。

泊まり客を避難させたものの、二親は逃げ遅れて焼け死に、外出先から戻って、助けに飛び込んだ三つ違いの兄の太吉《たきち》も、焼け死んだ。

そのとき十八だったお勝は、その二年前から奉公に上がっていた大身《たいしん》の旗本家におり、家族に降りかかった災禍《さいか》を知ったのは、火事の翌日だった。

以来、お勝には、肉親と呼べる者がいない。

父方母方の縁者はいるのだが、火事以来疎遠《そえん》になり、音信も途絶《とだ》えている。

歳月を重ねた今、嘆《なげ》き悲しむことはなくなったのだが、この地に立つと在《あ》りし日の家族の面影《おもかげ》が頭をよぎる。

いかんいかん——腹の中で自戒《じかい》の声を発したお勝は、堀に架《か》かった小橋を渡った。

渡り切ったところで堀沿いの道を右へ向かい、二つ目の小路《こうじ》を左に曲がると、竹刀《しない》のぶつかる音とともに、男たちが発する気合いが、昼前の通りに響いている。

気合いと竹刀の音は、通りに面して建つ、香取神道流《かとりしんとうりゅう》の剣術を教える近藤《こんどう》道場の武者窓《むしゃまど》から溢《あふ》れ出ていた。

多くの道場の武者窓は、建物の高いところに設《しつら》えてあるのだが、近所の子供たちにも見えるようにと、近藤道場では少し低い位置に作られており、お勝は、その頃に戻ったかのように道場の中を覗《のぞ》く。

道場では、二人ずつ向き合った激しい立ち合い稽古《げいこ》が行われていて、中の熱気が武者窓から外へと流れ出ている。

「お勝さんじゃねぇか」

聞き覚えのある声の方に顔を向けると、腰の帯に十手《じって》を差した目明《めあ》かしの銀平《ぎんぺい》が、小伝馬町の方から近づいてきた。

「もしかして、太吉兄ぃたちの墓参りの帰りかい」

「そうだよ」

と返事をしたお勝はふと、

「墓に線香を上げた痕《あと》があったけど、あんたかい」

銀平に問いかけた。

「今朝早く墓参りに行ってきたんだ」

「ありがとう」

「なんの」

銀平は、なんてことないよという顔をして、ひらひらと片手を打ち振った。

お勝の三つ年下だから、銀平は今年三十五である。

悪餓鬼《わるがき》の時分から、兄の太吉を、『兄ィ兄ィ』と慕《した》っていた、お勝の幼馴染《おさななじ》みでもある。

「これから道場に行くのか」

「ゆっくりもしてられないから、またにするよ」

「来たのに顔を出さないと知ったら、沙月《さつき》さん、がっかりするぜ」

「あんたが黙ってさえいりゃ、沙月には知れないさ」

お勝が半ば脅《おど》すと、銀平は小さく頷《うなず》いた。

沙月というのは、近藤道場の一人娘で、お勝の幼馴染みである。

小娘の頃から道場に出入りしていたお勝は、住み込みをしていた門人《もんじん》の筒美勇《つつみゆう》五郎《ごろう》に小太刀《こだち》の手ほどきを受けて、三年ばかりでかなり腕を上げた。

その筒美勇五郎が十八年前に沙月の婿となり、今では、亡き先代の跡を継《つ》いで近藤道場の主となっていた。

「さてと」

お勝が武者窓から離れると、

「この前、お奉行所で、根津のご同業と顔を合わせたんだよ。そんとき、お勝という年上の幼馴染みが根津にいると言ったらよ、『岩木屋』って質屋の女番頭のお勝さんならよく知ってると言ってたぜ」

銀平が一気に告げた。

「あぁ、作造《さくぞう》親分だね」

「そうそう。お勝っておひとは、餓鬼の時分から小太刀をものにして、近所の年上の悪餓鬼からも恐れられてたと言ったら、作造親分、なるほど、だってよ」

「何が、なるほどだよぉ」

お勝が口を尖《とが》らせる。

「根津の方じゃ、かみなりお勝って呼ばれてるらしいじゃないか」

「そりゃお前の聞き間違いだよぉ」

そう言うと、踵《きびす》を返し、

「銀平、たまにはちゃんと、耳かきをするこったねっ」

後ろを振り向くことなく声を張り上げたお勝は、根津の方へと足を向けた。

二

根津権現門前町にある『ごんげん長屋』一帯は黄昏時《たそがれどき》を迎えている。

どぶ板の載った路地を挟んで、二棟《むね》の六軒長屋が向かい合っているが、路地の北側は九尺三間《くしゃくさんけん》の間取りで、南側は九尺二間となっていて、北側の棟がわずかに広い。

お勝の住む家は、北側の棟の真ん中辺りにあった。

お勝は、今年七つになるお妙《たえ》と並び、その向かいには、十二のお琴《こと》が十《とお》になる幸助《こうすけ》と並んで、眼の前の箱膳《はこぜん》に並んだ煮物や汁物に箸《はし》を伸ばしている。

ほどなく六つ（午後六時頃）になろうかという刻限である。

行灯は、ほんの少し前に火を点《つ》けた明かりが灯《とも》っている。

半刻（約一時間）前まで、夕餉《ゆうげ》の支度をする音や、出職《でしょく》から帰ってきた住人たちが井戸端《いどばた》に集まって賑《にぎ》やかだったのだが、それも今は静まっている。

今朝早く、深川の要津寺に墓参りに行ったお勝は、昼前には質舗『岩木屋』に帰り着いていた。

「番頭さん、今日は早く切り上げてお帰りよ」

暗いうちから深川に向かったことを知っていた、主の吉之助が気遣ってくれたので、お勝は八つ半（午後三時頃）に『岩木屋』を後にした。

『岩木屋』の番頭を務《つと》めるお勝は、いつも七つ半（午後五時頃）に仕事を終えるので、夕餉作りはお琴にまかせていた。

面倒なときは、煮売り屋などから出来合いのものを買ってもいいと言っているが、お琴は、長屋の女たちに作り方を聞いて自分の手で作ろうとする気概があるので、大いに頼りにしている。

『岩木屋』からの帰りがけ、久しぶりに夕餉を作ろうと思い立ったお勝は、烏賊《いか》と油揚《あぶらあ》げを買い求め、一品をこしらえていた。

「おっ母さん、今日の小松菜《こまつな》の煮浸《にびた》し、美味《うま》いね」

幸助が、真顔で口にすると、

「小松菜の煮浸しは、植木屋のお啓《けい》さんが持ってきてくれたの」

お妙が窘《たしな》めるような物言いをした。

「おっ母さんが作ったのは、油揚げの味噌汁《みそしる》と烏賊と里芋《さといも》の煮付けだよ」

お琴が口を挟んだ。

「やっぱり、それも美味いと思ってたとこだよ」

呟いた幸助は、その後、顔を上げることなく黙々と箸を動かした。

「いいよいいよ。何もわたしに気を使うことはないんだよ幸助。おっ母さんだって、お啓さんの煮浸しは美味《おい》しいと思ってたんだからさ」

「ほんと」

箸を止めた幸助は、上目遣《うわめづか》いでお勝を見る。

「ほんとだよ」

お勝の声に、幸助の顔が安堵《あんど》したように緩《ゆる》んだ。

「お帰り」

路地の方から男児の声がした。

「弥吉《やきち》ちゃんの声だ」

弥吉と同い年のお妙が、にこりと笑った。

「弥吉のお父っつぁんが帰るのは、いつも今時分だもの」

箸を伸ばしながら、お琴が口を開いた。

弥吉のお父っつぁんというのは、路地を挟んだ向かい側の店《たな》の角に住んでいる国松《くにまつ》のことだ。霊岸島《れいがんじま》で四斗樽《しとだる》を転がしたり担いだりする〈樽《たる》ころ〉と呼ばれる仕事をしている国松は、仕事が済めば寄り道もせずに長屋に帰ってくる、いかつい顔に似合わず、家族思いの男である。

『ごんげん長屋』は、二棟の六軒長屋だが、九尺二間の長屋のひとつは空き家になっているから、十一世帯が暮らしている。

根津権現門前町というのは、根津権現社の南側から根津宮永町に至る広い範囲の町名である。

『ごんげん長屋』は、根津権現門前町の一番南側に位置している。

町の東側には、小役人の屋敷が建ち並ぶ、根津元御屋敷《もとおやしき》と称される区域があり、南側には、根津宮永町との間を流れる水路があった。

正式には『惣右衛門店《そうえもんだな》』というのだが、お勝が住人となる以前から、『ごんげん長屋』で通っていたと聞いている。

おそらく、根津権現社にちなんで、そう呼ばれるようになったに違いない。

「ごちそうさま」

お勝が箸を置くと、子供たち三人も口々に「ごちそうさま」と言って手を合わせ、銘々《めいめい》が、空いた器《うつわ》と箸を流しに運んでいく。

「お勝さん、帰っておいでかね」

重ねた器を運ぼうとしたとき、戸口の外から声がした。

「伝兵衛《でんべえ》さんの声だ」

幸助がそう言うのと同時に腰を上げたお勝は、土間に下りて戸を開けた。

「いたね」

笑みを浮かべて土間に入ってきたのは、大家の伝兵衛である。

「お、夕餉は済んだようだね」

「今、済ましたとこですよ」

お勝が土間から上がって膝を揃えると、伝兵衛は框に腰を掛けた。

「朝方、『喜多村《きたむら》』の旦那様が家に見えてね、お勝さんを訪ねて『岩木屋』に行ったが、深川の方に行って会えなかったと仰《おっしゃ》るもんで、代わりにわたしが」

「惣右衛門さんが、何か」

お勝が口にした惣右衛門というのは、谷中善光寺前町《やなかぜんこうじまえまち》にある料理屋『喜多村』のご隠居の名で、『どんげん長屋』の家主でもある。

「お琴ちゃんを『喜多村』の通い女中にするという件は、以前の取り決め通り、来月からでいいのかどうかと、旦那様は確かめにいらしたようなのだよ」

伝兵衛がそう告げると、

「そのことなら、間違いありませんよ伝兵衛さん。ねぇ、お琴」

伝兵衛に頷いたお勝は、流しに立ったお琴に顔を向けた。

すると、お琴はお勝の横に並んで膝を揃え、

「お世話になりますので、よろしくお願いします」

と、伝兵衛に両手をついた。


根津権現社の境内《けいだい》に立つ大木にも、門前町一帯にも朝の光が降り注いでいる。

質舗『岩木屋』を出たお勝の後ろには、塗りの膳ふたつを包んだ風呂敷《ふろしき》を提《さ》げた手代《てだい》の慶三が従っていた。

『岩木屋』を出たときから、根津権現社に向かう人をかなり多く見かけた。

不忍池の方から根津権現社の方へと通じる道は六つあるのだが、一番賑わうのは、鳥居横町から根津権現社へ向かう通りだった。

根津権現社には、参拝人《さんぱいにん》だけではなく、行楽《こうらく》の人々も多く訪れるから、料理屋や旅籠《はたご》も建ち並び、様々な商《あきな》いも興《おこ》る。

ことに、躑躅《つつじ》の時節になると多くの見物人が押しかける。

しかも、根津の東側の谷中には、徳川《とくがわ》将軍家の墓所をはじめ、富《とみ》くじを開く感《かん》応寺《のうじ》などがあり、谷中七福神《やなかしちふくじん》や八十八カ所巡りをした人々が、坂の下の根津にも足を延ばすのだ。

日暮れともなると、根津権現門前町や根津宮永町の岡場所に明かりが灯り、男どもには悩ましい町に変貌する。

お勝と慶三が根津権現社の東側の武家地を抜けて、豊前《ぶぜん》小倉《こくら》藩小笠原《おがさわら》家の屋敷の東南の角に向かう間にも、散策の途中のような風流人や、稲刈りを終えて江戸見物に来たと思《おぼ》しき百姓の一団とすれ違った。

二人が向かっているのは、駒込千駄木坂下町《こまごめせんだぎさかしたまち》である。

今朝、質舗『岩木屋』はいつも通り五つ（午前八時頃）に店を開けた。

「昨日、『紫雲堂松月《しうんどうしょうげつ》』さんから引き取って来たものを見たいんだけどね」

お勝がそう言うと、手代の慶三は一瞬、戸惑いを見せた。

「何もあんたの眼を疑っているんじゃないんだよ。一度は自分の眼で確かめないといられない性質《たち》だからさぁ」

お勝は、慶三を気遣い、冗談めかした物言いをした。

深川に墓参りに行った昨日、お勝は、菓子屋の『紫雲堂松月』から慶三が引き取ってきた塗りの膳に眼を通すことができなかった。

本人にも言った通り、決して慶三の眼力を疑っているわけではなかった。

『岩木屋』が取り扱う品のすべてに眼を通すのは、番頭の務めだと信じているだけのことなのだ。

お勝と慶三は、店先から廊下ひとつで繋《つな》がっている蔵に入った。

「わたしが先に」

そう声を掛けて、慶三は二階への階段を上った。

蔵の一階は預かった質草が保管され、二階は質流れとなって、損料貸しに供《きょう》される品々が並べられている。

蔵番の茂平が窓を開けていたものか、朝の冷気が蔵の中を通り抜けた。

蔵には古着も多くあるので、ときどき、一階と二階の窓を開けて風を入れないと、かび臭《くさ》いにおいが籠《こ》もるし、傷《いた》みが早くなる。

「ここです」

慶三が、棚に重ねてある五つの塗りの膳の前で足を止めた。

「そうそう、このお膳だった」

『紫雲堂松月』に貸し出すときに見た、漆《うるし》塗《ぬ》りに金粉《きんぷん》を散らした柄《がら》をお勝は覚えていた。

ひとつひとつ手に取って見ていたお勝は、ふたつの膳の脚部に眼を近づけた。

「何か」

慶三が声をひそめた。

「ひとつは脚がへこんで、塗りが剝《は》げかけてるし、こっちは、へこんでいるね」

お勝は慶三に、ふたつの膳の脚部に指をさして示した。

「ふたつとも、へこんでます」

脚部を人差し指の腹でそっと触れた慶三の声が掠《かす》れた。

十日前、お勝が『紫雲堂松月』に運んだとき、塗りの膳に疵がなかったことは確認していたし、取り交わした書付にも、その旨《むね》は記されていた。

「番頭さん、すみません。わたしがちゃんと確かめておけば」

慶三は、お勝に深々と腰を折ったのだった。

そこでお勝は、塗りの膳を持った慶三を伴《ともな》い、『紫雲堂松月』へと向かったのである。

駒込千駄木坂下町は、根津権現社から谷戸川《やとがわ》に沿って四町（約四百四十メートトル）ばかり北へ行った、四つ辻《よつじ》の西側にある。
四つ辻を右へ曲がって坂を上れば谷中三崎町《さんさきちょう》で、左に折れれば団子坂《だんござか》に至る。

菓子の『紫雲堂松月』は、団子坂の方に曲がって五軒目にあった。

『岩木屋』は、これまで『紫雲堂松月』と商いの付き合いはなかったが、お勝は店の前を何度か通ったことがあった。

お勝と慶三が店に入り、店番の娘に訪ねた用件を話し、主人への取り次ぎを頼んだ。

一旦奥へ引っ込んだ娘は、膳を運び込んだときに顔を合わせていた番頭の芳太《よした》郎《ろう》の後ろについて戻ってきた。

「その節は」

お勝が挨拶《あいさつ》をすると、芳太郎は土間の履物に足を通し、

「どうぞ」

先に立って、店先から続く通り土間を奥の方へと向かった。

お勝と慶三が案内されたのは、母屋《おもや》の庭に面した縁である。

「こちらでお待ちを」

そう言うと、芳太郎は縁に上がり、奥へと姿を消した。

「お膳をここに」

お勝が促《うなが》すと、慶三は風呂敷の包みを解いて、塗りの膳をふたつ縁に並べた。

すると、縁の奥から夫婦者らしき二人連れが現れて、縁先に立っているお勝と慶三の前で膝を揃えた。

「『紫雲堂松月』の庄三郎《しょうざぶろう》です」

男が名乗ると、

「ていと申します」

男よりも大分年の若い女も名乗り、丁寧に頭を下げた。

「お初にお目にかかります。わたしは十日ほど前、この膳をお届けしました『岩木屋』の番頭、勝と申します」

お勝が挨拶をするとすぐ、

「うちの番頭さんによれば、お膳に疵がついていたということですが」

「引き取る際に、わたしがきちんと確かめておけばよかったものを、後になってこうしてお伺いするようなことになって、まことに申し訳ございません」

慶三が、庄三郎とおていに向かって、深々と腰を折った。

「それで、その疵というのは」

「これでございまして」

お勝は、膳の脚の部分を庄三郎に近づけて、指で指し示すと、懐《ふところ》から出した書付を縁の上に広げた。

「たしかに、へこみがありますね」

上体を曲げて、膳の脚に顔を近づけていたおていが、小さく声に出した。

「お届けしたときに交わした書付には、この疵のことは触れておりませんので、昨日引き取るまでの間についた疵ではないかと思われます」

いつものことだが、お勝はへりくだった物言いを心掛けている。

「引き取りに来た昨日、そちらが運び出す際につけた疵ということはないのですか」

おていの顔つきも口ぶりも柔らかいが、言葉には凛《りん》とした響きがある。

「うちで長年、品物の修繕をしている者に聞きますと、この疵は昨日今日ついた疵には見えないと申します。ご不審なら、そちら様のお知り合いの、眼の利《き》く道具屋にこの疵を見てもらっても構いません。その際は、道具屋を呼んだ掛かりはわたしどもがお払いしますので」

お勝は、ことを分けて説得に当たった。

「しかし、昨日は何ごともなく引き取り、一日置いてから実は疵があったと言われても、わたしどもとしては、なんとも得心がいきませんねぇ」

「まことに、まことに申し訳なく」

慶三は、庄三郎に対し、さっきよりもさらに深く頭を下げた。

「お膳をお運びした際、引き取りの日にちは先月の二十七日だということでしたが、前日になって、十月三日に日延《ひの》べしてほしいということになったのですが、その間、お膳はどこに置かれていたんでしょう」

お勝が尋ねると、庄三郎とおていは顔を見合わせて、少し思案すると、

「座敷では、新たに作った菓子の試食会やら富士講《ふじこう》の寄合《よりあい》が続くので、たしか、蔵に運んだと」

おていが、そう答えた。

「引き取りに伺ったときも、番頭さんがたしか、蔵から持ってきますと仰ったのを覚えております」

そう口にして、慶三は頷いた。

「それで、借り賃の他に、いかほどの修繕代をお望みなのでしょうか」

おていの物言いは、素っ気ない。

「お代はこのあと修繕を頼む職人の言い値になりますが、こちらの落ち度もございますから、かかった費《つい》えの半分を頂戴《ちょうだい》しとうございます」

お勝も深々と腰を折った。

「修繕代の半分と言いますと」

庄三郎が、恐る恐るお勝に眼を向けた。

「今、いくらとはわかりませんが」

「それはやはり、困ります」

おていが、お勝と庄三郎のやりとりに口を挟んだ。

「そちら様の申されようは、得心が参りませんね。昨日見落とした疵が、今日見つかったからと言われても、はいそうですかというわけにはいきませんよ」

「ですから」

足を踏み出した慶三の袖《そで》を、慌《あわ》ててお勝が摑《つか》んだ。

「こちらの落ち度だとはっきりしているならともかく、どこでついたかわからない疵の修繕代を、どうしてこちらが払わなきゃならないのでしょうか」

物言いは丁寧なのだが、声音《こわね》には一歩も譲らぬという、おていの意地のようなものが窺《うかが》える。

「それについては」

そこまで言いかけたお勝が、縁の奥の角からこちらを見ている男児の眼に気づいた。

すると、男児はすぐに顔を引っ込めた。

「その、疵につきましては、こちらでももう一度調べさせていただきますので、今日のところはこれで」

両手を膝のところに置いて、お勝は深々と頭《こうべ》を垂れた。

三

お勝と慶三は、根津権現社と別当《べっとう》、昌泉院《しようせんいん》の間の道を通って『岩木屋』へ向かっている。

駒込千駄木坂下町の『紫雲堂松月』を後にしてほどなく、上野東叡山の時の鐘が四つ(午前十時頃)を打ち始めたのを聞いた。

道々、慶三はしきりに自分の不覚を詫《わ》びたが、お勝は、

「何ごとも勉強さ」

それしか言うことはなかった。

『岩木屋』の番頭になる前から、疵についても代金のことについても、客とはたびたび悶着《もんちゃく》は起きていたし、お勝が番頭になってからも、揉《も》めごとはあった。

目利きになるために、普段から様々なものに眼を向けるよう努めた。器、絵、着物、櫛笄《くしこうがい》に至るまで、本物を見て眼を肥《こ》やす一方、良く出来た贋作《がんさく》も見て歩いた。

そういう月日を重ねたおかげで、今ようやく、曲がりなりにも番頭という務めを果たせているのだと思える。

「ただいま戻りました」

表で声を張り上げた慶三に続いて、お勝も『岩木屋』の土間に足を踏み入れた。

「お帰り」

土間近くの框に腰掛けていた目明かしの作造から声が掛かった。

年を聞いたことはないが、お勝より三つ四つ上と思われる。

その作造の近くで膝を揃えていた吉之助が、

「親分が、こんなものをね」

手にしていた人相書きを、お勝に手渡した。

「品川《しながわ》と板橋《いたばし》の質屋と小道具屋に盗品を持ち込んだ野郎だよ」

「お尋ね者ですね」

作造は、呟いたお勝にそう返答した。

人相書きには、いつも通り、お尋ね者の名や生国《しょうごく》をはじめ、体格や顔つき、入れ墨《いずみ》の有無、傷痕があれば、その特徴も記されている。

質屋は、古着、古鉄《ふるがね》、古道具、唐物屋《からものや》などとともに、奉行所の監察を要する八品商《はっぴんしょう》のひとつであり、普段から奉行所の同心《どうしん》や土地の目明かしが、情報の収集に立ち寄るところでもある。

「これは後で、帳場の後ろに貼ることにしますよ」

土間を上がったお勝は、帳場の机の上に人相書きを置いた。

「親分、お茶は」

吉之助が首を伸ばすと、

「まだありますよ」

作造は、置いていた湯呑《ゆのみ》を口に運んだ。

「番頭さん、それで、『紫雲堂松月』さんはどうだったんだい」

「ええ」

お勝は、吉之助の近くに座り込むと、『紫雲堂松月』の主人夫婦との話し合いの顚末《てんまつ》を報告した。

「わたしが迂闊《うかつ》だったばかりに、申し訳ありません」

吉之助に頭を下げた慶三は、持ち帰った膳を蔵に運ぶと断って土間を上がり、蔵へと向かった。

「『紫雲堂松月』のお内儀《ないぎ》は、人当たりがいいと評判のようだね」

作造が口を開いたが、お勝は返事に困った。

物言いも物腰も柔らかいのだが、言葉の端々《はしばし》に、何か強張《こわば》りのようなものを感じていたのだ。

「まぁ、後添《のちぞ》えだから、気を使うんだろう」

「あ、さようでしたか」

吉之助は、『紫雲堂松月』の内情は知らないようだ。

「主の庄三郎さんは三十八だが、前妻は三年前に病《やまい》にかかって亡くなってね。その一年後だよ、十も年下のおていさんが後妻《ごさい》に入《とつ》ったんだ」

作造によれば、おていは以前、巣鴨《すがも》の旅籠に嫁いだものの離縁されて、大塚《おおつか》の実家に戻っていたのだという。

だが、庄三郎の後妻として『紫雲堂松月』に入ると、瞬く間《またたくま》に、菓子屋の切り盛りに手腕を発揮した。

菓子作りにまで口出しをしたので、そのことに嫌気がさして辞《や》めていった職人もいた。だが、皮肉なことに、おていが作らせた菓子は次々に評判を取り、茶道の宗匠《そうしょう》などのご贔屓《ひいき》もつき、武家屋敷にも谷中の寺にも出入りするまでになっているらしい。

『紫雲堂松月』は、いい後妻を引き当てたと、同業からはやっかみの声が上がってるそうだよ」

作造はそう言うと、残りの茶を飲み干した。

「そういえば、作造さん。馬喰町の目明かしの銀平と顔を合わせたそうですね」

「そうなんだよ。奉行所で根津の話をしたら、昔馴染みがいるなんて言うからさ」

「銀平は調子に乗ると、バカなことをしでかすようなところがありますが、根はいい男ですから、今後ともよろしくお願いしますよ」

「お勝さんに言われなくても、あの男とは気が合いそうだよ」

顔を綻《ほころ》ばせてそう言うと、作造は框から腰を上げた。

質舗『岩木屋』の中は静かである。

八つ（午後二時頃）までは、質入れに来る者や、質草を引き取りに来る者もあり、番頭のお勝も手代の慶三も忙しく動いていたが、それから半刻も経つと、店内はひっそりとしてしまった。

「それでは、お預かりしますよ」

お勝は、土間の框に腰掛けた御家人のご新造《しんぞ》の前に、証文と一朱を置いた。

「助かります」

三月《みつき》に一度は質入れに来るご新造は、一朱を証文の紙に包んで袂《たもと》に落とすと、頭を下げつつ障子戸を開けて、表へと出ていった。

お勝は、ご新造が置いていった掛け軸に、今日の日付と『佐々木《ささき》様』と書いた紙縒《こよ》りを結びつけ、

「慶三さん、これを蔵に」

帳場の近くで帳面付けをしていた慶三に声を掛けた。

慶三はすぐに立ってきて、お勝から掛け軸を受け取ると、蔵の方へ行った。

「番頭さん、昨日『紫雲堂松月』から引き取った膳だが、どこでついた疵だか、

おれも要助も心当たりはないんだがね」

慶三と入れ替わりに現れた茂平がお勝の近くで胡坐《あぐら》をかくと、要助はその横で膝を揃えた。

「これ以上疵の詮索《せんさく》をしても埒《らち》はあかないから、修繕代は諦《あきら》めることにするけど、要助さん、あのお膳ふたつ、直せるかね」

「いや。塗りも直さなくちゃならないから、わたしじゃ無理です。『兼政《かねまさ》』に頼まないと」

要助は、上野広小路の漆器屋《しっきや》の名を口にした。

「わかったよ」

立ち上がって、帳場の方に向かいかけたお勝は、表の障子戸がほんの少し開いているのに気づいた。

御家人のご新造が、きちんと閉めていくのに気づかなかったのだと思われる。

いつも土間の隅に置いてある下駄《げた》に足を通したお勝は、少し開いた障子戸に近づいて手を伸ばしかけると、表から店の中を覗いている男児に気づいた。

「うちに、何か用かい」

障子戸を開けて声を掛けると、十ほどの男児はびくりと後じさった。

「おい、春之助《はるのすけ》。質屋の前で何してるんだ」

　そんな子供の声が掛かると、店の中を覗いていた男児は、小さな風呂敷包みを胸に抱えたまま、根津宮永町の方へと小走りに立ち去った。

　お勝が表に出ると、風呂敷包みを提げた男児二人が、春之助と呼ばれた男児が去った方を笑って見ていた。

「今の子は、お菓子の『紫雲堂松月』さんのところの子じゃないか？」

「そうだよ」

　小太りの男児が頷いた。

　昨日訪れた『紫雲堂松月』で、縁の奥からお勝たちの方を窺っていた男児の顔と似ていたのだ。

　小太りの男児に聞くと、春之助とは駒込肴町《さかなまち》の筆道指南所《ひつどうしなんじょ》『大志塾《たいしじゅく》』で机を並べているのだという。

「春之助の奴、家に帰らないで、こっちの方に向かったからつけて来たんだよ」

　ひょろりとした男児はそう言うと、春之助が去った方に首を伸ばした。

　日光御成道《にっこうおなりみち》にある駒込肴町から駒込千駄木坂下町の『紫雲堂松月』に帰るなら、団子坂を下ればよい。

だが、塾を出た春之助は駒込追分《おいわけ》の方に向かい、根津権現社の方に下ったので、不審に思ってつけたのだという。

「春之助の気持ちもわかるけどね」

小太りの男児が、憐《あわ》れむような声を出した。

「それはどういうことだい」

お勝は、穏やかに尋ねた。

「これまでずっと一番を取っていたのに、この前は、今まで負けたことのない奴に抜かれて、春之助は落ち込んでいるんだよ」

「それで、おっ母さんに怒られるのを恐れてるんだ」

ひょろりとした男児が、小太りの男児に続いて口を開いた。

「だけど、恐ろしそうなおっ母さんには見えなかったがねぇ」

「おばちゃん、人は見かけによらないって言うぜ」

ひょろりとした男児は大人びた物言いをして、小太りの男児とともに根津権現社の方へと引き返していった。

十月になってから、日の入りはわずかずつ早まっている。

七つ半（午後五時頃）は、質舗『岩木屋』は店じまいの刻限であった。

帳場の片付けが終わったお勝は、土間の框に腰掛け煙草を喫む茂平のそばで湯呑の茶を飲んでいた。

弥太郎と二人で表の大戸《おおど》を下ろしていた慶三がその手を止め、

「番頭さん」

店の中に声を掛けた。

すると表から、『紫雲堂松月』の番頭、芳太郎が、腰を屈《かが》めて土間に入ってきた。

「先日は、いろいろと」

芳太郎は、歯切れの悪い挨拶をすると、

「わたしどもの主のお子が、こちらに伺いませんでしたでしょうか」

芳太郎の思いもよらない問いかけに戸惑ったものの、

「お子というと、春之助とかいう？」

お勝が言葉を返すと、

「あ、やはりこちらに」

芳太郎は、お勝の反応に喜色《きしょく》を浮かべた。

「でもね番頭さん、わたしが近づいたらすぐに宮永町の方に逃げていきましたよ」

お勝は、逃げた男児を春之助と呼んだ、『大志塾』に通う二人の男児から、『紫雲堂松月』の息子だと聞かされた経緯《いきさつ》を話した。

「さっき、そのうちの一人の家を訪ねて聞きますと、春之助さんは、『岩木屋』の女の人が出てきたら逃げたと聞きましたので、こうして」

「番頭さん、いったい」

お勝が不審の声を掛ける。

「実は、春之助さんが、まだ家に戻らないもんですから」

芳太郎は、顔を曇らせて俯《うつむ》いた。

大戸を下ろした『岩木屋』を後にしたお勝は、根津権現門前町を東西に分けるように貫《つらぬ》く水路に沿って、鳥居横町の方へ下駄の足を向けた。

春之助を捜しに来た芳太郎が、ため息交じりに『紫雲堂松月』へと引き返したのはほんの少し前だった。

「お、今お帰りかい」

通りを歩くお勝に、顔馴染みの青物屋《あおものや》や豆腐屋《とうふや》などの小店《こみせ》から声が掛かるのはいつものことである。

いつも通り受け答えをして歩くお勝は、鳥居横町の方からやってくるふたつの人影に眼を留めた。

日の翳《かげ》った道を、春之助は、二十四、五くらいの女に手を握られてお勝の方に向かってきている。

お勝が足を止めると、春之助も気づいて立ち止まった。

「あの」

女は、お勝を見て訝《いぶか》しげに呟いた。

お勝は、質舗『岩木屋』の番頭をしている者だと名乗り、『紫雲堂松月』の番頭の芳太郎が、先刻、春之助を捜しに来たことを打ち明けた。

「あぁ、そうでしたか」

女は、お勝の話を聞くと、得心がいったように頷いた。

そして、

「わたしは、今年の二月まで『紫雲堂松月』の奥向きの女中をしていた信《のぶ》という者です」

と、名乗った。

春之助が突然、左官《さかん》の亭主と二人で住んでいる池之端七軒町《いけのはたしちけんちょう》の長屋に現れたので、亭主が帰ってくる前に、駒込千駄木坂下町の『紫雲堂松月』に送っていくところだと、お信は言う。

「お信さん、ちょっと」

お勝は、水路際に誘うと、

「今日じゃなくてもいいんだけど、お前さんと、少し話をしたいんだよ」

春之助に聞こえないよう、お信に囁《ささや》いた。

するとお信はお勝の眼を見て、ゆっくりと頷き返した。

四

朝の六つ半（午前七時頃）ともなると、すっかり日は昇っている。

根津権現社へ続く道にも不忍池から湯島《ゆしま》の方に向かう道にも、多くの人の行き交《か》いがある。

大工や左官などの多くは日の出前に出掛けるが、今行き交っているのは、魚河岸《うおがし》や大根河岸《だいこんがし》で仕入れた魚や青物を盤台《ばんだい》に載せて、町々を駆け回る棒手振《ぼてふ》りが多い。

根津宮永町の妓楼の前では、女郎に見送られて帰っていく、鼻の下を伸ばした男の姿もある。

そんな光景を尻目に、お勝は妙極院の境内に足を踏み入れた。

昨日、話をしたいとお勝が申し出ると、

「明日の六つ半に、妙極院でどうでしょう」

お信は、場所まで口にした。

妙極院は池之端七軒町と隣り合っているし、左官の亭主も出掛けた後だから都合がいいということだった。

お勝にしても、『ごんげん長屋』からも近く、質舗『岩木屋』に行く途中立ち寄るには好都合だった。

「お待たせしましたか」

お信が、お勝が立っていた鐘楼《しょうろう》近くに、小走りでやってきた。

「わたしも、たった今来たとこですから」

そう言うと、お勝は、貸し出したお膳についた疵のことで『紫雲堂松月』に行った件を告げて、

「縁の奥からわたしたちの方をじっと見ていた春之助さんの、暗い目つきが気になっていたんですよ。そしたら昨日は『岩木屋』の中を覗いていたし、成績を落とした春之助さんは、継母《ままはは》のおていさんに叱《しか》られるのを怖がっているなどと、同じ筆道指南所に行っている子供が口にしたものだから」

とも打ち明けた。

「お信さん、そこに掛けませんか」

お勝は、本堂の階《きざはし》を指し示した。

「わたしが見たおていさんは、子供たちが言うほど、春之助さんの成績にいちいち目くじらを立てるようには見えなかったものだから、お信さんに話を聞こうと思ってね」

並んで腰を掛けるとすぐ、お勝は、思いを口にした。

一瞬、顔を伏せて迷いを見せたお信が、

「こう言っちゃなんだけど、おかみさん、外面《そとづら》はいいんです。けど、奉公人や菓子の職人さんには、きついんですよ」

意外なことを、静かに吐露《とろ》した。

「そりゃ、やり手だと思います。だけど、表と裏じゃ、別の顔があるし。砂糖や粉なんかを、ほんの少し床にこぼしても、眼を吊り上げて職人さんを叱り飛ばしました。職人さんだけじゃなく、若い衆や店番の娘、わたしみたいな奥向きの女中もおんなじです。叱られた者は、そのたびに叱り賃というものを負わされて、給金から差っ引かれるんですよ。それが悲しくて、悔しくて、やめていった奉公人は何人もいます」

「お信さんも」

「わたしは、おかみさんに、ある日いきなり、やめてもらうと言われました」

お信はそう言うと、背筋を伸ばして空を見上げた。

「それは、どうして」

お勝は静かに尋ねた。

「春之助さんが、わたしに懐《なつ》いていたからでしょう、きっと」

軽く顔を俯けると、お信は小さく苦笑いを浮かべた。

お信の物言いと表情から、『紫雲堂松月』の中には、外からは窺い知れない何かがあるのではないかと思える。

「先妻さんの子供とはいえ、春之助さんが自分に懐かずに、女中のわたしに心を開いているのが、おかみさんとしては、なんというか、面白くなかったのかな」

「春之助さんは、おていさんを嫌っているの?」

「おかみさんが後妻に入られた当初は、そんなことなかったんですけど」

お信はそう言うと、思案するように小首を傾《かし》げた。

そして、春之助がおていを避けるようになったのは、今年になってからのような気がすると口にした。

「これは、後で春之助さんから聞いたことですが」

そう前置きしたお信は、今年になって、旦那の庄三郎とおていが、来年十二になる春之助の今後について話し合ったらしいと口にした。

『紫雲堂松月』の後継《あとつ》ぎとなる春之助を、どこかに修業に出すかどうかが話に上ったとき、おていから、知り合いの菓子屋に見習い修業に出してはどうかと持ち出されたらしい。

商家の後継ぎを修業に出すことは、特段珍しいことではない。

むしろ、家を継ぐ惣領《そうりょう》息子が、一度、家を出て苦労をしたり他家の飯を食べたりすることは世間を知るうえで大事だと言われている。

そのことは庄三郎も承知していたらしく、いずれは他家での修業をしなければと、春之助はある日、父親からその話を聞かされた。

驚いた春之助は、家から出さないでくれと泣いて頼んだらしいのだが、庄三郎はただ、春之助のため、ひいては『紫雲堂松月』のためだと諭《さと》すばかりだったようだ。

「春之助さんが、おかみさんを避けるようになったのも、口を利こうとしなくなったのも、その頃からのような気がします」

お信は、重苦しい顔をして、ふうと息を吐いた。

「そんな春之助さんが、わたしに近づくのが、おかみさんはきっと、お嫌だったんでしょうね」

お信の話を聞いたお勝も、小さく吐息をついた。

「お前みてぇなしみったれ、二度と顔を出すんじゃないよッ！」

妓楼の表の方から女の金切り声が、けたたましく、辺りに響き渡った。

「顔だって足だって、二度と出すかよ。おめぇみてぇな狐顔《きつねがお》なら、王子稲荷《おうじいなり》にお参りに行った方がましだぁ」

何がもとかは知らないが、女郎と客の朝の諍《いさか》いは、この辺りでは珍しいことではない。

諍いも起きれば、馴染んだ二人の後朝《きぬぎぬ》の別れを眼にするのも、岡場所ならではない。

のことである。

日が真上近くに上がっても、質舗『岩木屋』の表通りは人の行き交いでざわついている。

『岩木屋』は毎朝五つ（午前八時頃）に店を開ける。したがって、奉公人たちは五つ前には到着して開店の支度にかかる。今朝、池之端七軒町近くの妙極院でお信と会ったお勝は、五つになる直前に『岩木屋』に飛び込んだ。

『岩木屋』近辺の商家の多くは、五つ頃に店を開けるのだが、その時分から、近隣の通りは、行き交う人の足音が絶《た》えなかった。

毎日の仕事に取り紛《まぎ》れて気づかなかったが、根津権現社は紅葉《もみじ》の名所でもある。東方には、やはり紅葉の名所の上野の山内もあって、行楽の人々が足を延ばしているようだ。

朝から『岩木屋』を訪れる人が多いのも、季節の変わり目のせいだろう。

質入れに来る人よりも、このところは、火鉢や炬燵、冬の布団を借りたいという損料貸しの客が多くなった。

朝晩の冷え込みが次第に強くなって、そろそろ暖を取る気になった連中が増えたようだ。

算盤《そろばん》を弾《はじ》いて筆を取ろうとしたお勝が、ふと手を止めて戸口の障子に眼を留めた。

細く開いた戸の合わせ目から覗く背の低い影が、障子紙に映《うつ》っていた。

先日、店の中を覗いていた春之助くらいの背丈《せたけ》である。

またしても春之助かもしれない――お勝は、相手がどう出るか、気づかないふりをすることにした。

「番頭さん、おふじがうどんを煮たと言ってるから、食べたい者たちはやりくりをして奥で昼餉を摂《と》るように言っておくれ」

店から客がいなくなったのを見計らったように現れた吉之助が、女房の名を口にして、お勝に声を掛けた。

「ありがとうございます。男衆はみんなうどんに飛びつくと思いますよ」

「はい。飛びつかせていただきます」

蔵の方からやってきた慶三が、板張りに手をついて、吉之助に頭を下げた。

「わたしが茂平さんたちに声を掛けてくるから、慶三さんも奥でご馳走《ちそう》に与《あずか》るといいよ」

「茂平さんたちは裏の作業場ですから、わたしが」

「いいんだよ」

慶三の申し出を笑って断ると、お勝は帳場から腰を上げた。

「番頭さんが食べるときは、わたしが帳場に座るから気兼ねしないでください よ」

「はい」

お勝が土間の端に置いてある下駄に足を通すと、障子戸に映っていた影が消えた。

「旦那さん、すみませんが帳場をお願いします。それと慶三さんは、茂平さんたちにうどんのことを」

お勝は、吉之助と慶三が戸惑っているのも構わず、店の表へと飛び出した。

『岩木屋』を出たお勝は神主屋敷際の丁字路に立って、辺りを見回す。

と、人の流れに交じって、惣門横町の方へ行く春之助らしき背中が見えた。

風呂敷包みを持っていないところを見ると、筆道指南所に行った帰りではないようだ。

お勝は後をつけた。

様子を見るかぎり、行く当てなどなさそうである。

人の流れのままに、春之助は根津権現社の境内に入っていった。

境内は、紅葉見物の人たちで混み合っていた。

人出を狙って、水茶屋《みずぢゃや》や四文屋《しもんや》をはじめとする食べ物屋、それに、土産物屋《みやげものや》、飴屋《あめや》、植木屋などが葦簀《よしず》張りの店を構えて、客を呼び込んでいる。

お勝は、人混みを縫って当てもなく行く春之助を、見失うまいと懸命につけている。

人混みが薄くなった境内の隅のところで、春之助が足を止めた。

そこは、葦簀張りの飴屋の前である。

三間（約五・四メートル）ばかり離れた木の下で足を止めたお勝は、飴屋の方を見てじっと動かない春之助を注視した。

飴屋の板に並んだ細工飴や飴玉を買ってもらった子供たちは、親や祖父母たちに連れられて方々に散っていく。

その直後、板に並べられた飴に手を伸ばした春之助が、棒についた細工飴をひとつ摑んで逃げた。

「何しやがるっ」

三十半ばの飴屋の男の反応は素早く、逃げ惑ったような春之助に追いつくと、飴を握った右手を摑んで捻《ね》じり上げた。

「イタタ」

顔を歪《ゆが》めた春之助がうめき声を上げた。

「この飴は売りもんなんだぜ」

飴屋は、さらに春之助の腕を捻じり上げようとする。

「どうかお待ちを」

お勝は、飴屋の眼の前に立ちはだかった。

「あんた、この餓鬼のおっ母さんか」

「そうじゃないんだが、まんざら知らない子じゃないんだよ。飴のお代はわたしが肩代わりするから、その手を放してくんねぇかねぇ」

お勝は、臆することなく口を利いた。

「三文だが」

飴屋は、落ち着いたお勝の物言いに圧倒されたかのように返事をした。

懐から巾着《きんちゃく》を出したお勝は、空いている方の飴屋の掌《てのひら》に一文銭《いちもんせん》を五つ置いた。

「二文は、詫び賃だよ」

「そりゃどうも」

小さく笑みを見せると、飴屋は、摑んでいた春之助の右手を放した。

その途端、その場から逃げようとした春之助の腕を、今度はお勝が摑んで、

「あんたには、今度はわたしの用があるんだよ」

笑みを浮かべたお勝が、穏やかに声を掛けた。

根津権現社の喧騒《けんそう》に引き換え、下駒込村《しもこまごめむら》にある稲荷社の境内はひっそりとしている。

根津権現社の境内で春之助の手を摑んだお勝は、根津裏門坂《うらもんざか》に出ると、太田摂津守《おおたせつつのかみ》家の辻番所《つじばんしょ》のある角から小路に入り、小さな稲荷の境内に連れてきた。

「あんたは、『紫雲堂松月』さんの倅《せがれ》の、春之助さんだね」

春之助の手を放すとすぐ、お勝はそう問いかけた。

「二日前、『紫雲堂松月』さんを訪ねたとき、縁の奥から、わたしの方を見ていましたね」

努めて穏やかに話しかけるが、春之助からはなんの反応もない。

「昨日は昨日で、根津権現門前町にやってきて『岩木屋』の店の中を覗いた後、池之端七軒町のお信さんを訪ねましたね」

「根津権現の飴屋から飴を盗んだこと、うちのお父っつぁんやおっ義母《か》さんに、言いつけていいよ」

お勝の問いかけに答える代わりに、春之助の口からは思いがけない言葉が返ってきた。

「どういうことだろう」

お勝も、戸惑っている。

「おいらが盗んだ飴のお代は、うちに来てお父っつぁんからお貰《もら》いよ」

「そんなことをしたら、春之助さんが困りはしないのかね。親から叱られるんじゃないのかい」

「構わないよ」

言葉通り、春之助の様子には、親に知られる怯《おび》えは窺えない。

「そうしないと、おばさんが肩代わりした五文は、返ってこないよ」

「返ってこなくても、構やしないけど」

「うちに来て、おいらが飴を盗んだことをお父っつぁんに言えばいいじゃないか」

春之助は、挑《いど》むような物言いをした。

「言ってほしいのかい」

「あぁ、そうだよ」

顔を引きつらせた春之助は、開き直ったように胸をそびやかした。

「わたしが知らせると、春之助さんはどうなりますかね」

声を低めて、お勝は探るように問いかけた。

「人のものを盗むような子供は、恥ずかしくて、他所《よそ》の家に修業になんか行かせられないって言うはずだよ」

春之助の口から飛び出した言葉に、胸の奥で『あっ』と叫んだ。

他家に修業に出さないでくれと父親に泣いて頼んだ春之助の話を、お勝は、お信から聞いたことを思い出した。

「お父っつぁんたちが、修業に出したくても、悪いことをしたおいらなんか、どこのお店も、受け入れてはくれなくなるさ」

そこまで思いつめていた春之助の心情は、不憫《ふびん》でもあった。

だが、春之助の思いつきに乗るのは、いささか躊躇《ためら》われる。

庄三郎とおていに、盗みの一件を打ち明けても、春之助の思い通りにことが運ぶとは思えないのだ。

「ひとつ聞きたいことがあるんだがね」

お勝が話の調子をがらりと変えると、春之助がふっと顔を向けた。

「わたしが『紫雲堂松月』さんに行った翌日と今日、『岩木屋』にやってきたのはどうしてだか、教えてもらいたいんだよ」

すると、春之助は顔をそむけて、足元に眼を落とした。

「わたしに、何か、用事があったんじゃないのかい」

「ないよ」

春之助は、突き放すような声を上げた。

「だってさぁ」

「ないって言ってるだろう」

声を荒らげた春之助は、いきなり稲荷社の表へ飛び出して、道を右の方へ向かって駆け去った。

突然のことに一瞬慌てたが、春之助の向かったのが『紫雲堂松月』の方角だったのに、少し安堵した。

稲荷社の表の小道を右へ向かえば、駒込千駄木坂下町に近い団子坂に至ることを、お勝はよくわかっていた。

五

翌日は、朝からしとしとと氷雨《ひさめ》が降った。

日に日に、冬が深まっていっているのだろう。

質舗『岩木屋』の店の中もしんと冷えていたので、お勝は慶三に指示して、帳場の傍《そば》と、土間に近い上《あ》がり框《がまち》に陶製《とうせい》の火鉢を置いた。

炭を足しながら一刻（約二時間）も経つと、店の中に暖かみが漂っているのが感じられた。

九つ（正午頃）の鐘を聞いてから、四半刻《しはんとき》（約三十分）が過ぎた頃である。

お勝と慶三、それに車曳《くるまひ》きの弥太郎は、帳場近くに座り込んで、質草につける名札用の紙縒《よ》りを黙々と縒っている。

蔵番の茂平は蔵の品々の整理に向かったし、要助は裏の作業場で、損料貸しで傷めた品物の修繕をしているはずだった。

客の少ない雨の日は、普段できない仕事に打ち込めるから、ありがたいような気がする。

閉められていた戸口の障子が開いて、外の雨音が少し大きく入り込んだ。

「番頭さん」

慶三から声が掛かるのと同時に戸口を向くと、『紫雲堂松月』の主、庄三郎が蛇《じゃ》の目傘《めがさ》を畳《たた》みながら土間に入ってくるのが見えた。

「何ごとですか」

お勝は、土間の近くに動いて庄三郎を迎えた。

「番頭さんに、折り入ってお話がありまして」

庄三郎は、板張りにいる慶三たちを憚《はばか》るように声をひそめた。

「では、こちらへ」

お勝は土間の端に移動して膝を揃えると、庄三郎には腰掛けるよう框を手で指した。

庄三郎は、お勝のすぐ傍の框に腰を掛けると、

「昨日、根津権現では、飴を盗んだ倅をお助けくだすったうえに、お代わりまで」

深々と頭を下げた。

「昨日のことは、春之助さんの口からお聞きになりましたので」

「いえ。根津権現での騒ぎを見ていたうちのお得意様が、春之助をお助けくださったのは『岩木屋』の番頭のお勝さんだと、知らせに来てくれまして」

「それじゃ、飴を盗んだわけを、春之助さんからお聞きになったんじゃないんですね」

「わけと言いますと」

眼を丸くした庄三郎は、声を掠れさせた。

お勝は、昨日、根津近くの稲荷社で、春之助の口から聞いた事柄をかいつまんで打ち明けた。

「それじゃ、騒ぎを起こして捕まるために飴を盗んだと、春之助はそう申しましたので？」

庄三郎の眼が、さらに丸くなった。

お勝が頷くと、庄三郎はがくりと肩を落として黙り込んだ。

気を利かせたのか、紙縒りを縒っていた慶三と弥太郎はそっと腰を上げて、奥へと消えた。

「こんなことを申してはなんですが、今のおかみさんが後妻に入られてからのことは、本当かどうかはともかく、『紫雲堂松月』さんの内情についてはいろいろなお人の口から耳にしております」

「奉公人が居つかないということですか」

「それもありますが、春之助さんとの間のこととか」

「春之助とおていの――?」

庄三郎は、思いつかないという面持《おもも》ちで首を傾げた。

『紫雲堂松月』の内情の多くは、女中奉公をしていたお信から聞いたことだが、お勝はその名を伏せた。

「春之助さんを修業に出す話を持ち出したのは、後妻のおていさんだということは、本当でしょうか」

「さようです。後継ぎになる者を他所に修業に出すというのは、菓子屋にかぎらず、商家ではよくあることですから」

庄三郎ははっきりと頷いた。

「ですが、そのことを春之助さんがどれだけわかっておいでだったのかがねぇ」

最後は曖昧《あいまい》に誤魔化《ごまか》して、お勝は庄三郎にやんわりと投げかけた。

「昨日話をしてみたところ、よくはおわかりじゃないように思えましたが」

「春之助とは、修業については、これという話はしておりませんでした」

　思案するように首を捻った後、庄三郎はぽつりと口にした。

「そうなると、いきなり家を出ろと言われた春之助さんとすれば、心穏やかじゃありますまい。家を出されるのは親に嫌われているからに違いないなどと、幼心を痛めたのかもしれません」

　お勝の話に、庄三郎は思わず『あ』という口の形をして息を呑《の》んだ。

「春之助さんは、家を出さないでくれと泣いて頼んだことがあったそうですが、あなたは、お前のために店のためだと言うばかりだったとも、打ち明けてくれました」

　お勝は、お信から聞いた話を、あたかも春之助から聞いたふうに誤魔化した。

「修業に出るということをよく知らない春之助さんは、おていさんが自分を家から追い出すのだと恐れ、それをわかってくれない父親に頼ることもできない苦しみにもがいていたのだと思われます」

　責め立てるようなことはせず、お勝は淡々《たんたん》と語った。

「おていが、うちの奉公人にきつく言うことも、春之助への躾《しつけ》がきついことも、薄々は気づいてはおりました」

庄三郎の告白は、お勝には思いもしないことだった。

「ですが、おていに悪気はないのですよ。一度嫁いだ先から離縁され、産んだ娘を取られた女でしてね」

おていの身の上を聞いて、お勝はふっと背筋を伸ばして、開いた格子窓《こうしまど》の外に眼を向けた。

細かい雨が降り続いている。

「わたしは決してそうは思わないのですが、おていは自分を疵物《きずもの》だと思っている節《ふし》があるんです。嫁として認められなかったのだと、責めている節もあります。ですから、自分が後添えに入ったことで、『紫雲堂松月』が傾《かたむ》くことになっては いけない、万一、春之助が曲がった道に進んだら、またしても嫁には不適との烙《らく》印《いん》が押されるのではと怯えているようで、それでついつい、周りにきつく当たり、ちゃんとしなきゃちゃんとしなきゃと、何かにつけて、気を回しすぎたのだと」

そこまでさらけ出すと、庄三郎はふうと、息を吐いた。

「でも、庄三郎さん、あなたが女房に遠慮しちゃいけませんよ。春之助さんにすれば、実の子よりも女房が大事なのかと、拗《す》ねてみたくもなります。自分の味方が家の中にいないと思えば、悲しいもんです。春之助さんの胸の痛みに寄り添うことです。甘やかすんじゃなく、わかってやることだと思います。わかってやったうえで、親が善《よ》し悪《あ》しを下してやれば、いいんじゃありませんかねぇ」

お勝は、格子窓の外を眺《なが》めたまま、思いを吐露した。

近くに腰掛けていた庄三郎が、小さく頷いたのを、お勝は気配で感じ取っていた。

泥水《どろみず》が流れ込んだのか、根津権現門前町の真ん中を南北に貫く水路は、黄色く濁《にご》っていた。

朝から降り続いた雨は、八つ半（午後三時頃）には上がったが、路面は湿っている。

いつも通り七つ半（午後五時頃）に店を閉めた『岩木屋』を後にしたお勝は、畳んだ傘を手に『ごんげん長屋』の木戸を潜《くぐ》った。

「お帰り」

日暮れ間近の井戸端で足の泥を落としていた、七十に近い藤七《とうしち》から声が掛かった。

「雨の中、仕事でしたか」

お勝は足を止めて、藤七に問いかけた。

「えぇ。雨風にかかわらず、わたしらの仕事はありますからね」

江戸市中に品物や文《ふみ》を届ける〈町小使《まちこづかい》〉を生業《なりわい》にしている藤七は、年の割には体は頑丈《がんじょう》で、顔も浅黒い。

「お琴ちゃんたち、支度はとっくに終わったようだから、帰ったらすぐに夕餉にありつけますよ」

「それじゃ」

藤七に会釈をすると、お勝は向かい合っている六軒長屋の路地へと向かう。

「ただいま」

お勝は、井戸から三軒目の家の戸を開いた。

「お帰り」

夕餉の膳に着いていたお琴と幸助、お妙が声を揃えた。

土間を上がったお勝は、裾《すそ》の方についた泥の跳ねを軽く手拭《てぬぐ》いで拭《ふ》きながら、

「お膳に着いて帰りを待っていたのかい」

と、声を掛けた。

「ううん、井戸端の声が聞こえたから」

「ばぁか」

幸助に睨《にら》まれたお妙は、『しまった』という顔をした。

「腹を空《す》かせて、四半刻も座って待ってたことにしようって筋書きを作ってたんだよ。ね」

お琴は笑って、お妙の頭を撫《な》でた。

「はいはい。すぐにいただきましょうか」

裾の端を帯に挟み込むと、お勝は幸助の隣の膳に着いた。

「いただきます」

お勝の声に子供たちは唱和《しょうわ》して、一斉に箸を手にした。

芋飯《いもめし》とだし汁にわかめを浮かべた澄《す》まし汁《じる》の他に、秋刀魚《さんま》二本を四人で分けた塩焼きと小松菜のお浸《ひた》しと漬物《つけもの》が膳に並んでいた。

「そうそう、みんなに言っておきたいことがあるんだよ」

半分近く食べ進んだ頃、お勝が口を開いた。

「もし、おっ母さんに何か言いたいことがあったら、腹に溜《た》めないでなんでも言っておくれよ。頼みごとでも文句でもいいからさ。何かあるかい」

「ない」

幸助は飯を掻《か》き込みながら返事をした。

「わたしもない」

お妙が口にするとすぐ、

「ある」

と、お琴が箸を置いた。

「なんだよ」

箸を持つお勝の手が止まった。

「わたしね、料理屋『喜多村』さんには、奉公しないことに決めたの」

「ええっ！」

お勝の口から、思いのほか大きい声が弾けた。

「ちょいと、それはどうして」

「言わない」

「なんだって！」

声を荒らげたお勝は、音を立てて膳に箸を置いた。

いきなり戸口の戸が開いて、

「どうした、喧嘩《けんか》か」

と、口にしながら顔を出したのは、二軒隣の植木屋の辰之助《たつのすけ》で、女房のお啓までくっついてきた。

前々から奉公に上がることになっていた料理屋『喜多村』に、今になって、お琴は行かないと言い出したのだと、幸助が事情を教えた。

「『喜多村』を断るなんて、勿体ない。どうしたんだよお琴ちゃん」

「ほうら、お言いよ」

お勝は、お啓の言葉に力を得て、お琴に迫った。

「そのわけは、わたしが、『喜多村』の惣右衛門さんに直《じか》に言う」

どうしてこのわたしに言わないんだ――そう言おうと口を開けたが、もごもご動かしただけで、声は出なかった。

「お勝さん、お琴ちゃんには断られてしまったよ」

料理屋『喜多村』の隠居であり、『ごんげん長屋』の家主でもある惣右衛門が『岩木屋』に現れて、お勝にそう告げたのは、翌々日の昼下がりだった。

『喜多村』に奉公するのをやめると口にしたとき以来、口を利いていないお勝は、お琴が惣右衛門に会いに行ったことも知らなかった。

「店先じゃなんだから」

と言う惣右衛門に応じて、お勝は、主の吉之助に断って、根津権現社へと案内してきたのだった。

「そのわけを、わたしは聞きましたよ」

境内の池の畔《ほとり》に佇《たたず》むと、惣右衛門が静かに切り出した。

「それで、あの子はなんと」

お勝は惣右衛門の顔色を窺った。

『我が家には、父親がいないんです』

お琴は、惣右衛門を訪ねると、そう切り出したという。

『おっ母さん一人がうちの働き手なんです。女番頭としてお給金を貰っているから、親子四人の暮らし向きに心配はありませんけど、幸助もお妙も、瑞松院《ずいしょういん》の手跡指南《しゅせきしなん》に通っているから、その掛かりは要ります。おっ母さんは、朝から日暮れまで、「岩木屋」の帳場に座ったり、損料貸しの荷運びに付き添ったりするから、家の中のことまではなかなか手は回りません。だから、わたしは、おっ母さんとわたしたち四人が暮らす、「ごんげん長屋」のあの家に奉公することにしよ

う と思ったんです』

お琴は、そんなようなことを惣右衛門に語ったらしい。

「お琴ちゃんに、あんなふうに言われたら、こりゃもう、承知するしかありませんよ」

惣右衛門は笑みを浮かべた。

「しかし、お琴ちゃんという娘、ますます、料理屋『喜多村』に欲しくなったよ。よく育った」

「ほんとに、いつの間にか」

「何言ってるんだい。お前さんの手柄だよ」

「そうですかねぇ」

お勝は苦笑いを浮かべた。

「あんたを捜しに来たようだよ」

惣右衛門が眼を向けた先に、風呂敷包みを手にした庄三郎が立っていて、軽く頭を下げた。

「それじゃわたしはここで」

お勝に声を掛けた惣右衛門は、庄三郎と会釈を交わして境内から姿を消した。

「この前、お勝さんと会った日の夜、おていと二人して、どうして後継ぎが他所に修業に行かなきゃならないかを、春之助に話して聞かせました」

「さようで」

「そしたら昨日、春之助の方から、十二になる来年、見習い奉公に行くと言ってくれました」

「そりゃあ」

「お勝さんのおかげで」

庄三郎が、小さく唇《くちびる》を噛《か》むと、

「うちのお菓子の詰め合わせですが」

と、風呂敷包みをお勝に持たせた。

「親子ですもの、話せばなんとかなるということでしょうよ」

お勝の顔が綻んだ。

「それに」

少し改まった庄三郎は、『岩木屋』から借りた塗りの膳に疵をつけたのは自分だと、春之助が打ち明けたということも告げた。

筆道指南所の成績のこと、おていへの嫌悪で苛々《いらいら》していた春之助は、蔵の中に入って、むしゃくしゃした気分を晴らしたという。

蔵の中には、飴作りの道具や小豆《あずき》の餡《あん》を作る古いしゃもじに交じって、蕎麦打《そばう》ちに使うような長い木の棒があり、それを摑んで振り回していたとき、積んであった膳にぶつけたということだった。

「先日は、不調法《ぶちょうほう》なことを申し上げましたが、お膳の修繕代は、わたくしどもが持たせていただきます」

庄三郎は深々と腰を折った。

「『紫雲堂松月』さん、正直に話した春之助さんに免じて、修繕代はいただかないことにします。その代わり、このお菓子は遠慮なくいただきますので」

「ありがとうございます」

もう一度頭を下げると、庄三郎は裏門坂の方へ足を向けた。

踵を返したお勝は、惣門横町へと向かった。

お琴が惣右衛門に話した断りの理由が、お勝には泣きたいほど嬉しかった。長屋に帰ったら、『好きにしていい』と言ってやろうと思う。

ただ、惣右衛門から話を聞いて、思わず泣きそうになったことは、お琴には今後も隠し通すことにした。

そのことは、『紫雲堂松月』の菓子を振る舞うことで勘弁してもらおう。

ふっと笑みをこぼしたお勝は、根津権現社の門を潜り出た。

第二話　隠し金始末

一

根津権現門前町にある『ごんげん長屋』の朝の井戸端《いどばた》は、雨の日の他は、たいがい騒々《そうぞう》しい。

九尺二間《くしゃくにけん》と九尺三間の六軒長屋が二棟《むね》、路地を挟んで建っているが、九尺二間の棟の一軒は空き家だから、十一軒に十九人が住んでいた。

九尺二間の家は、月々の店賃《たなちん》は一朱と百五十文だが、九尺三間の家は二朱と、わずかに広い分、店賃も高い。

十月上旬のこの時期、朝餉《あさげ》の支度をする女たちや、歯磨きや洗面をする出職《でしょく》の男たちが交錯《こうさく》する井戸端も路地も、朝の暗いうちから混み合うのだ。

日の出近い井戸端や路地には、竈《かまど》に火を熾《おこ》した家からの煙が流れ出てくる。

米は研《と》ぎ終えて、すでに家の竈の火にかけたお勝は、味噌汁《みそしる》に入れる小松菜《こまつな》を洗い流していた。

質舗の番頭を務《つと》めるお勝の仕事が終わるのは七つ半（午後五時頃）だから、夕餉の支度に取り掛かるには遅い。したがって、この一年くらいは、十二になるお琴に頼っていた。その代わり、朝餉だけはお勝の仕事であった。

朝餉の支度は、この時期、白々《しらじら》と夜が明ける頃から始めるのだが、植木屋の辰之助や左官の庄次《しょうじ》、十八五文《とおはちごもん》の薬売りの鶴太郎《つるたろう》、それに、霊岸島で樽《たる》ころをしている国松ら出職の男たちが、その時分に『ごんげん長屋』から出掛けていくのをお勝は毎朝見送る。

近くでは、鳶《とび》の女房のお富《とみ》や研《と》ぎ屋《や》の女房のおよしが米を研ぎ、辰之助の女房のお啓は、離れたところで亭主の腹掛けや股引《ももひき》を洗っている。

井戸端は近所の噂話《うわさばなし》や亭主の愚痴《ぐち》を吐き出す場となり、いつも大いに盛り上がる。

「旦那のお帰りのようだよ」

手を動かしながら、お啓が囁《ささや》いた。

九尺二間の棟割《むねわり》長屋の一番奥に住むお志麻《しま》が、鼠色《ねずみいろ》の綿入れに同色の羽織《はおり》を着た四十を過ぎた商家の主《あるじ》らしき男の後ろに続いて路地を歩いてくると、井戸端の女たちに軽く会釈《えしやく》を向け、小間物屋《こまものや》と蠟燭屋《ろうそくや》の間の木戸口を潜《くぐ》って表通りへと出ていった。

囲われ者のお志麻が、泊まった旦那を送る姿はときどき見かける。

「旦那の素性《すじよう》がとうとうわかったよ」

お富は声を低めたつもりだろうが、よく通った。

「うちのが、仕事帰りに白山権現《はくさんごんげん》で見かけたって言うんだよ」

「白山権現のどこ」

お啓がせっつくと、

「『菊乃屋《きくのや》』って提灯屋《ちようちんや》の、徳之助《とくのすけ》ってご主人だってさ」

お富の返事には、皆が得心した。

前々から、お志麻の家にやってくる男は何者だろうという関心は、住人の誰もが抱いていたことだった。

根津宮永町の妓楼《ぎろう》にいたお志麻を請《う》け出した男だろうという噂も流れていたが、おそらく間違いないだろう。

「おはようございます」

手桶《ておけ》と手拭《てぬぐ》いを手にして現れた沢木栄五郎《さわきえいごろう》が、丁寧《ていねい》に腰を折った。

「おはよう」

お勝はじめ、女たちは口々に挨拶《あいさつ》をした。

お勝やお啓、それにおよしと同じ長屋の一番奥に一人で住む浪人で、谷中の瑞松院で手跡指南《しゅせきしなん》をしている師匠である。

栄五郎が、井戸に落とした釣瓶《つるべ》を引き上げたとき、上野東叡山の方から鐘《かね》の音が届いた。

六《む》つ（午前六時頃）を知らせる時の鐘である。

足音を立ててやってきたお妙が、栄五郎がいるのに気づいて、

「お師匠様、おはようございます」

慌《あわ》てて声を掛けた。

栄五郎に教えを受けているお妙は、最初に挨拶をするのは、自分の師匠からだと決めている節《ふし》があった。

「お妙ちゃん、おはよう」

栄五郎は、笑みを浮かべて返事をした。

「おっ母さん、竈の火が熾《お》きてるから早くって」

「はいよ」

お勝は、洗い終えた小松菜を笊《ざる》に載せて、腰を上げた。

ほどなく上野東叡山の方に朝日が顔を出す刻限であった。

下駄《げた》を履いたお勝は、朝の根津権現門前町の表通りを根津権現社の方へと向かっている。

奉公している質舗『岩木屋』は五つ（午前八時頃）に店を開けるのだが、お勝はじめ奉公人たちは、それよりも少し前に入って、開店の支度に取り掛かることになっていた。

裏店《うらだな》である『ごんげん長屋』から表通りに出るには、井戸端を通って、表店の蠟燭屋と小間物屋の小路《こうじ》に立つ木戸口を潜るしかない。それが正式な通り道だが、大家の伝兵衛の家に隣接する稲荷脇《いなりわき》から、九尺三間の棟割長屋の板塀《いたべい》まで続く竹垣《たけがき》の破れから出入りする横着者《おうちゃくもの》もいた。

根津権現門前町と水路を挟んだ東側は小役人の屋敷が密集するところだが、町家の集まる谷中片町《やなかかたまち》の飛び地もある。

幸助とお妙は、三日に一度、その東方にある瑞松院の手跡指南所に弁当持参で通っているが、二人とも竹垣の破れから出入りしていることは間違いない。

お勝はいつも、店屋の並ぶ表通りを行く。

『ごんげん長屋』の男どもがよく行く居酒屋『つつ井《い》』もあれば、蕎麦屋《そばや》、按摩《あんま》、湯屋《ゆや》、一膳飯屋《いちぜんめしや》に塩屋に醬油屋《しょうゆや》と、暮らしに入用《いりよう》なものは大方手に入る店が通りの両側に並んでいた。

顔馴染《かおなじ》みになった店主や奉公人たちと挨拶を交《か》わしたり、軽口を叩き合ったりしながら仕事に行くのが楽しみでもある。

「誰かから聞いたが、お勝さんとこのお琴ちゃん、料理屋『喜多村』に奉公に行くの、やめたんだってね」

旅籠《はたご》の『杉乃屋《すぎのや》』を通り過ぎたところで、表を掃《は》いていた口入れ屋《くちいや》の番頭が手を止めて、お勝に声を掛けた。

「そうなんだよ」

「『喜多村』なら文句はあるまいに、なんでまた」

「外のことより、家の中のことをしたいなんて言うんだよ」

お勝が口にしたのは、本当のことだった。

料理屋『喜多村』へ女中奉公するのはやめると言い出したときは、お勝も一瞬向かっ腹を立てた。

だが、家の中の仕事を一人で請け負うとまで口にしたお琴の心中を知って、お勝は何も言えなくなったのだ。

お勝は『岩木屋』に行き、すぐ後には、手跡指南所に行く幸助とお妙も家を出る。そのうえ、朝早くから奉公に出るようになったら、家のことは誰が見るのかというのが、お琴の悩みだった。

四人家族がひとつ屋根の下で暮らせば、掃除や洗濯に針仕事だってあるのだ。買い物にも行って、七つ（午後四時頃）には夕餉の支度に取り掛からなければならない。

そのうえ、住人たちが持ち回りで務める稲荷の祠《ほこら》の掃除、井戸端や路地のどぶ浚《さら》いもしなければならないとしたら、誰かが家に残った方がいい――その役目を務めるのは自分しかないと、お琴はそう決意したのだった。

「それじゃ」

口入れ屋の番頭に声を掛けると、お勝は下駄を鳴らして根津権現社の方へ足を進めた。

九つ（正午頃）を過ぎた質舗『岩木屋』は、朝方の忙しさに比べると、嘘《うそ》のように静まり返っていた。

質屋だけならそれほど忙しいことはないのだが、損料貸《そんりょうが》しの品物の引き取りやお届けが重なると、手代の慶三や車曳《くるまひ》きの弥太郎は、店に腰を落ち着ける暇《ひま》もないくらい動き回る。

損料貸しの引き取りやお届けに必ず付き添うことはないが、初めての相手や大事な品物を扱うときにかぎっては、番頭のお勝も慶三らに付き添うことにしている。

損料貸しのお届けや引き取りは、大方昼前には終える。

そのあと、蔵番の茂平には蔵の中を調べてもらい、壊れたり疵《きず》ついたりした品物があれば、要助と修繕の段取りをつけさせる。

帳場に戻れば、お勝は帳面を広げて、明日の損料貸しに出す品々を確認し、今日のうちに揃《そろ》えるよう慶三に指示を出す。

それらが、質舗『岩木屋』の大まかな一日の有り様である。

「いらっしゃいまし」

慶三の声に、お勝は帳面から顔を上げた。

恐る恐る開けた障子戸から、そっと顔を突き入れたのは、『ごんげん長屋』の住人のおたかであった。

「おたかさん、何ごとですよ」

「お勝さん、ちょっと、厄介《やっかい》なことになったんですよ」

今年三十のおたかは、年上のお勝にはいつも丁寧な口を利《き》く。

「とにかく、お入んなさいよ」

帳場を立ったお勝は、土間の隅の方におたかを誘うと、框《かまち》の近くに膝《ひざ》を揃えた。

「何か、質入れの相談でも？」

お勝が声をひそめると、

「そうじゃないんですよ」

おたかは激しく片手を打ち振った。

髪集めの仕事を終えて、先刻『ごんげん長屋』に戻ったというおたかは、留守番をしていた七つになる倅《せがれ》の弥吉から、思いもしないことを聞かされたという。

町々の長屋の女たちを訪ねたり、女髪結《おんなかみゆい》から集めたりした髪をかもじ屋に売って得た金を、おたかは前々から、暮らしの足しにしていた。

「思いもしないって？」

お勝はさらに声をひそめた。

「弥吉が、お父うが、たった今、大家の伝兵衛さんに引っ張られて、門前町の自《じ》身番《しんばん》に連れていかれたって言ったんですよ」

「なんだって」

お勝が思わず声を上げた。

おたかの亭主の国松は、霊岸島で樽ころをしている。

霊岸島は、西国《さいごく》、上方《かみがた》などからの廻船《かいせん》が様々な荷を運んで来たり、積み込んで行ったりする水運の要衝《ようしょう》だった。

樽ころというのは、船から下ろした酒樽《さかだる》や醬油樽など、重い樽を運ぶ力仕事をする連中のことである。

国松は、仕事先の霊岸島から呼び戻されてから、自身番に連れていかれたらしいと、おたかはお勝に泣きついてきたのだ。

「慶三さん、わたしは『杉乃屋』って旅籠の向かいの自身番に行きますから、何かあったら、そこに」

手代の慶三に言い置くと、お勝はおたかとともに、表へと出ていった。

樽ころという仕事柄、体は筋骨隆々《きんこつりゅうりゅう》とし、顔つきもいかついが、そんな容貌《ようぼう》に似合わず、無口で気がいいことを知っているお勝には、国松が自身番に連れていかれるような悪事を働くなど、信じられないことであった。

お勝とおたかは、根津権現門前町の通りを不忍池の方へと急いだ。

根津権現門前町の自身番は、朝方立ち止まって話をした、口入れ屋のはす向かいにあった。

「ごめんなさいよ」

自身番の外の玉砂利《たまじゃり》を踏んで、お勝は上《あ》がり框《がまち》の奥に声を掛けた。

「おう、お勝さん、なんだい」

畳の間から顔を突き出したのは、土地の目明かしの作造だった。

「お勝さんだって？」

中で声がして、大家の伝兵衛も顔を出し、

「おぉ、おたかさんも帰ってたのかい」

と、こぼれんばかりの笑みを浮かべた。

「お勝さんというと、『岩木屋』の番頭のお勝さんかい」

中から、聞き覚えのある伝法《でんぽう》な男の声がした。

「さようで」

返事をして上がり框から首を伸ばして畳の間を覗《のぞ》くと、伝法な声の主である南町奉行所《みなみまちぶぎょうしょ》の同心、佐藤利兵衛《さとうりへえ》が、お勝に向かって片手を挙げ、にこりと笑いかけた。

盗品の調べやお尋ね者の探索で、『岩木屋』にもときどき顔を出す、来年四十になるという、気のいいお役人である。

自身番の畳の間には、作造、伝兵衛の他に、落ち着きのない様子の国松が膝を揃えており、お勝は、心配したおたかに付き添ってきた経緯《いきさつ》を話した。

「おたかさん、わたしは国松さんを引っ張ってきたわけじゃありませんよぉ」

笑った伝兵衛は、片手を大きく左右に振った。そして、

「ほれ、半年も前に、国松さんが不忍池の稲荷坂《いなりざか》んとこで三両を拾ったと、自身番に届け出たことがあったろう」

と続けた。

記憶を辿《たど》るように首を捻《ひね》ったおたかは、

「あぁ、はい。それが何か」

と、うつろな顔で畳の間の面々に眼を向けた。

「いいかい。届け出た国松の話を聞いて、若い下っ引き三人で、三両の金を拾った近辺に立札を立てて落とし主を捜したが、何日経《た》っても申し出はなかった」

作造が丁寧に説《と》いたが、おたかの反応は依然鈍《いぜんにぶ》い。

「それで、これはお上に届けなきゃならねぇということになって、伝兵衛さんに付き添われた国松が、お奉行所に三両を持参したのが半年前のことだ」

作造がそう言うと、国松がこくりと頷《うなず》いた。

「つまりだね、半年経っても落とし主の現れない三両を、拾った国松さんに下げ渡されることになって、こうしてお奉行所のお役人様まで」

伝兵衛が、佐藤に恭《うやうや》しく頭を下げた。

頷いた佐藤は、羽織の袂《たもと》から紙包みを取り出すと、国松の前に置いた。

「確かめてみな」

佐藤に促《うなが》されたものの、国松は顔も手足も強張《こわば》らせたまま動けない。

「紙を広げてみなよ」

焦《じ》れた作造に急《せ》かされると、国松は操《あやつ》り人形のような動きで手を伸ばし、紙包みを広げた。

現れた三枚の小判を見た国松はまたしても固まり、上がり框で首を伸ばしていたおたかの顔から血の気《け》が引いている。

「これはもう、日頃の二人の行いがよかったおかげだね。三両もあれば、向こう二年分の店賃に苦労することはなくなるよ」

伝兵衛の優しい声にも、国松とおたかからはなんの反応もない。

「おや、お勝さん何ごとだね」

自身番に近づいてきたのは、根津宮永町の目明かしの権六《ごんろく》だった。

「えぇ、ちょっとね」

お勝は、上がり框から腰を上げた。

「お、権六どん、ちょっと待ってくんな」

外に首を伸ばした作造が、三十そこその権六に気やすく声を掛けた。

「国松さんもおたかさんも、わたしらは引き揚《あ》げようじゃないか」

そう言うと、伝兵衛は腰を上げた。

「お前さん」

おたかにも促されて、立とうとした国松は、足がしびれていたのか、その場に無様に腹から倒れた。

佐藤と作造が、急ぎ国松の両脇を抱えて立たせた。

「申し訳ねぇ、申し訳ねぇ」

国松は、板壁に手をついて歩き、そろりそろりと土間に置いていた草履《ぞうり》に足を通した。

おたかが国松に肩を貸すのを見たお勝は、

「それじゃ、わたしもここで」

自身番の中に会釈をして歩《ほ》を進めた。

「そうだ。お勝さんにも聞きたいことがあったんだよ。このまま、少しいいかね」

「構いませんが」

お勝が足を止めると、

「二人にはわたしがついていくから」

伝兵衛はそう言い置くと、おたかに肩を借りて歩く国松の後ろについて『ごんげん長屋』の方に向かっていった。

二

自身番の畳の間に置かれた火鉢《ひばち》を、同心の佐藤、作造と権六、それにお勝が囲んでいた。

火鉢の五徳《ごとく》に載せられた鉄瓶《てつびん》からは湯気がゆらゆら立ち上っている。

「佐藤様がこちらにおいでになったのは、三両のお下げ渡しのこともあったが、もうひとつ、ひと月前に起きた刃傷沙汰《にんじょうざた》の調べの進み具合をお知らせする用もあったんだよ」

作造が、引き留めたお勝に理由を説いた。

「お勝さんとこの『岩木屋』は、根津権現門前町の妓楼『石鎚屋《いしづちや》』と関わりがあったんだったよね」

「えぇ。損料貸しの方で、毎年決まって、火鉢や行灯《あんどん》、それに布団もお届けしておりますが」

お勝は、作造に返事をした途端、

「それじゃ、『石鎚屋』さんの、あの?」

思い出したことを口にした。

『岩木屋』から借りていた布団を引き取りに来てもらいたいという申し出があって、お勝は慶三と車曳きの弥太郎の三人で、ひと月前、『石鎚屋』に行ったのだ。

『石鎚屋』に着いたのは四つ（午前十時頃）という時分で、お役人の調べは大方終わっていた。

お勝と慶三は、妓楼の若い衆の案内で二階に上がったが、階段や廊下に飛び散った血はまだ乾《かわ》ききっていなかった。

部屋の中に死人の姿はなかったが、まさに血の海だった。

部屋の隅に押しやられていた一組の布団は、鮮血に染まり、今さら引き取っても修繕のしようがないことはすぐにわかった。

お勝は、布団の始末だけを引き受けると断って、『石鎚屋』を後にしたのである。

「今日は、その殺しの調べがどのくらい進んでいるかを聞きに、権六にも来てもらったんだよ」

そう言うと、佐藤はお勝に顔を向けた。

「わたしなどは、お邪魔でしょう」

「いや」

佐藤の声に、お勝は浮かしかけた腰を、すぐに戻した。

「根津にある多くの妓楼の奥の方まで足を踏み入れるお勝さんなら、作造や権六の話を聞いて、何か気づくこともあるんじゃないかって、以前から作造にはそう話していたんだ」

「だから、国松の女房と一緒に現れてくれて、もっけの幸いだったんだよ」

作造は、佐藤の言葉の後、そう付け加えた。

「そう仰《おつしや》るんでしたら、お話を聞かせていただきます」

お勝は三人に向かって頭を下げた。

佐藤の申し出は、決して迷惑ではなかった。

妓楼『石鎚屋』の生々しい現場を見たお勝とすれば、どんな経緯があって人が殺されたのかという好奇心が、いささか疼《うず》く。

「繰り返しになりますが、ひと月前に起きたことから話を始めさせていただきます」

作造は、佐藤に断ってから口を開いた。

刃傷沙汰が起きたのは、ひと月前の夜明け前だった。

『石鎚屋』に躍《おど》り込んだ男二人が、階段を上がった先の部屋で女と寝ていた男を襲い、争った末に刺し殺して逃げたのだ。

作造と権六が、その後調べたところによれば、襲った側と殺された男の緊迫したやりとりから、顔見知りのようだったことはわかっていた。

「その場にいた女に詳しい話を聞こうとしたんですが、眼の前で男が殺されて、しばらくは客も取れず、誰とも口を利けなくなっていたんですよ。それが、半月ほど前からなんとか普段に戻ったというので『石鎚屋』を訪ねましたが、事件のことになると、途端に息苦しそうになって、とうとう、ろくに話は聞けませんでした」

作造はそう言うと、

「ところが、最近になって、事件のあった部屋の隣の部屋とか、廊下を挟んで向かいの部屋にいた女たちが、男同士のやりとりを思い出してくれまして」

と、頷いた。

襲った男二人は、『分け前を早く』『だんえもんは金をどこに隠した』と声を上げると、襲われた方の男は『谷中七福神のどこかだ』と自棄《やけ》のように返答したという。

しかし、『教えろ』と迫る声に『おれが知るか』と言い返した途端、男のうめき声が廊下に響き渡ったと、隣の部屋にいた女は証言した。

廊下を挟んで向かいの部屋にいた女と客の男が障子を開けると、血に濡れた匕首《あいくち》を手にした男二人が廊下に飛び出してきて、一目散《いちもくさん》に階段を駆け下りていく姿を見たこともわかった。

「一人の男は逃げる際に、顔を隠していた布切れを落としたようですが、夜明け前で暗く、二人の男の顔は見えなかったそうです」

作造が一気に話し終えると、

「作造さん、向かいの部屋から出た客が見たっていう、腕のことを」

「おぉ」

作造は権六に促されて、自分の膝を手で叩いた。

「その男の客が言うには、階段の方に逃げていく男の一人が袖《そで》を捲《まく》ったそうで、匕首を持った方の腕に、幅三分（約一センチ）くらいの二筋の入《い》れ墨《ずみ》があったと言うんです」

「てことは、江戸で、重敲《じゅうたた》きか追放の刑罰を受けたことのある野郎だな」

佐藤は自分の頬《ほお》を軽く撫《な》でた。

「どうして、江戸で刑罰を受けたと」

思わずお勝が口を挟むと、

「刑罰の入れ墨の形は、京《きょう》や大坂《おおさか》とも違うように、土地土地でどこか違うんだよ」

佐藤が教えてくれた。

すると権六が、

「佐藤様、事件の日の夜明け前、鳥居横町の堀端で夜鳴き蕎麦の屋台を出していた親父が、『石鎚屋』の方から走ってきた二人の男を見たことが、最近になってわかりまして」

と、申し出た。

「『石鎚屋』の騒ぎを知らなかったってことはないだろう」

「それが、最近まで知らなかったと言ったんですよ」

権六が佐藤の疑問に答えた。

いつも、夜明け前に屋台を担《かつ》いで引き揚げる親父は、『石鎚屋』の騒ぎにも気づかなかったので、逃げていく男二人のことを大して気にも留めなかったと、権六に話したという。

屋台の親父はその朝、長屋に帰るとすぐ、どぶ板に足を取られて倒れ、足首と腰を痛めて、それから十日以上も商売を休んでいたのだった。

十日ほど前から、再び鳥居横町で夜鳴き蕎麦を商《あきな》えるようになった親父は、客の一人から、『石鎚屋』で刃傷沙汰があったことを聞かされた。

そのとき初めて、逃げていく男二人のことが頭をよぎり、湯島の長屋に引き揚げる途中、根津宮永町の自身番に立ち寄ったということだった。

「夜鳴き蕎麦の親父は、逃げていく二人の男を見てましたが、一人は頰被《ほっかむ》りして顔までは見えなかったそうですが、もう一人の男の片眼には黒眼がなかったと言うんです」

「どういうことだ」

佐藤が眉《まゆ》をひそめた。

「左の眼だけ濁《にご》りもなく、不気味に真っ白だったそうです。夜明け前の暗さでよく見えたなと聞きますと、常夜灯《じょうやとう》と妓楼の雪洞《ぼんぼり》の明かりに、白眼が見えたと返答しました」

掠《かす》れ声を出した権六は、佐藤に対し、小さく頷いた。

「『石鎚屋』に押し込んだ野郎と殺された野郎のやりとりからすると、賭場《とば》の上がりを巡る博徒《ばくと》同士の悶着《もんちゃく》とも思えるし、盗んだ金を巡る盗賊どもの内輪揉《うちわも》めとも考えられるが、殺された男の名も身元もわからないじゃ、調べようがねぇ」

独り言のように呟《つぶや》くと、佐藤は軽く唸《うな》って胸の前で両腕を組んだ。

『ごんげん長屋』の伝兵衛と国松、おたかが去ってから四半刻《しはんとき》（約三十分）が経った頃、お勝は根津権現門前町の自身番から出た。

「お勝さん」

声を掛けてきたのは、二人の目明かしとともに自身番を出た、同心の佐藤だった。

「作造に聞いたが、馬喰町の銀平とは幼馴染《おさななじ》みだってねぇ」

「弟のような男でございまして」

お勝が佐藤に返答すると、

「銀平どんによれば、お勝さんの小太刀《こだち》の腕は大したもんで、土地の破落戸《ごろつき》だって恐れをなしていたようですぜ」

作造が大袈裟《おおげさ》な物言いをした。

「どうしてまた、小太刀を」

「わたしの幼馴染みに、剣術の道場の一人娘がいまして、ちょくちょく遊びに行ってるうちに、若い門弟《もんてい》のお一人に手ほどきを受けただけの、へなちょこでございますよ」

お勝は謙遜《けんそん》したが、佐藤は、

「ほほう」

と、感心したような声を発した。

黄昏《たそがれ》の迫る根津権現門前町界隈《かいわい》は、妓楼の雪洞や商家の提灯が灯《とも》り始めて、昼にはない艶《なま》めかしさを見せ始める。

一夜の歓楽を求めて集まる男たちの足音が、表通りからも裏通りからも混じり合い、暮れる空に吸い込まれていく。

お勝は、そんな夕刻の光景を結構気に入っていた。

『岩木屋』の仕事を終えたお勝は、いつも通り、表通りを不忍池の方に向かい、小間物屋と蠟燭屋の間に立つ木戸を潜って、『ごんげん長屋』へと入り込んだ。

木戸から六、七間（約十一から十三メートル）先には井戸端がある。

井戸端の脇を通り抜けて、六軒長屋が向かい合う路地に足を向けた途端、国松の倅の弥吉を連れた幸助が、お勝の家から出てきた。

「どうしたんだい、幸助」

「弥吉がね、家におまんまがないって言うから、うちで食べろって連れてきたけど、やっぱり帰るって言うから」

七つの弥吉に成り代わって、年上の幸助が答えた。

「おまんまがないって、どういうことだい」

「おっ母さん、こさえてない」

弥吉の声は、せつなげである。

向かい合う六軒長屋のうち、明かりがないのは五軒で、明かりの灯る他の六軒は、すでに夕餉を済ませたか、そろそろ摂《と》ろうかという時分である。

「おっ母さんは家にいるのかい」

「うん、いる」

弥吉は、お勝に頷いた。

「幸助は戻って、みんなで夕餉を食べなさい」

そう言うと、お勝は弥吉の背中に手をやって、煮炊《にた》きをした匂いと煙が微《かす》かに残る路地を、国松の家へと向かった。

「ごめんよ」

声を掛けて戸の障子を開けると、ぼんやりと灯る行灯の傍《そば》で、国松とおたかが項垂《うなだ》れたまま座り込んでいた。

お勝が土間に足を踏み入れると、弥吉は、板張りに座り込んでいる二親《ふたおや》の傍に駆け寄った。

「二人ともどうしたんだよぉ」

声を掛けると、国松とおたかは、悩ましげな顔をゆっくりとお勝の方に向けた。

「昼間貰《もら》った三両が気になって、夕餉の支度も、何もかも手につかなくなってしまって」

おたかが口を開くと、肩を大きく上下させて、国松はため息をついた。

「手元に置いておくのが、なんだか息苦しいっていうか、落ち着かないというか、泥棒に入られたらどうしようと、帰ってきてからずっと、気が気じゃないんですよ」

おたかの声に、国松は黙って頷く。

この家に泥棒が入っても、国松の姿を見たら逃げ出すに決まっていると言いかけたが、今の二人にそんな冗談が通じるとは思えず、呑《の》み込んだ。

「お帰り」

井戸端の方でお啓の声がして、釣瓶が井戸に落とされる音もした。

「あの三両、お勝さんに預かってもらうわけにいきませんかね」

おたかが、とんでもないことを口走った。

「なんだと！」

井戸端の方で上がった声の主は、大方、お勝の家の隣に住む左官の庄次だと思われる。

声が上がってすぐ、左官屋の半纏《はんてん》を翻《ひるがえ》した庄次が土間に飛び込んできた。

「井戸でお啓さんに聞いたが、あんときの三両が、とうとう国松さんのものになったんだってねぇ」

庄次はそう言うと、感心したように唸った。

その背後から顔を覗かせたお啓は、

「悪かったかね、つい喋《しゃべ》ってしまって。だけどほら、おめでたいことだからさぁ」

「めでたくなんか、ないですよ」

国松がやっとのことで口を利くと、お啓の顔から笑みが消えた。

「やっぱりめでたいじゃないか。いちどきに三両も手に入るなんてこたぁ、めったに、いや、一生ないことだからよぉ」

庄次の声に、またしても国松夫婦からため息が洩《も》れた。

「そういうめったにないことが起きたから、国松さんたちは困ったと言うんだよ」

先刻、おたかが洩らした心配ごとを庄次とお啓に聞かせると、

「だったら、大家さんに預かってもらえばいいんだよ。店子《たなこ》の悩みはわたしの悩みですって、普段からそう触れ回ってる人だからよっ」

庄次がそう言うと、国松とおたかは、ほっとしたように顔を見合わせた。

三

大家の伝兵衛の家は、『ごんげん長屋』の敷地内の、お勝が住む棟割長屋の北側にある。

伝兵衛の家の東側には稲荷の祠があり、その先は竹の垣根《かきね》が巡らされた空き地になっていた。

お勝は、ついさっき、国松とおたかを伴《ともな》って伝兵衛の家の三和土《たたき》に立った。

そして、三和土の上がり口に膝を揃えた伝兵衛の前に三両を置いて、不安を抱えてしまった国松夫婦の胸中を伝えたばかりである。

「三両を預かってもらえるかどうかは、お二人からお頼みすることだね」

「わかりました」

おたかがお勝にそう返事をすると、国松もその横で頷いた。

「それじゃ大家さん、よろしくお願いしますよ」

そう言うと、お勝は伝兵衛の家を後にした。

伝兵衛の家の表というのは、お勝たちの住む九尺三間の棟割長屋の裏に当たる。

その棟割長屋の裏には、各戸にひとつずつ、猫の額《ひたい》ほどの裏庭がついており、生《い》け垣《がき》についた片開きの戸から出入りができた。

「今戻ったよ」

裏庭の濡《ぬ》れ縁《えん》に上がったお勝は、障子の中に声を掛けて、庭に脱いだ下駄を指に引っかけた。

「お帰り」

居間の障子を開けて顔を出したお琴が、お勝の下駄を預かると土間へと運ぶ。

「弥吉のおまんまはどうなったんだい」

夕餉の膳《ぜん》に箸《はし》を伸ばしながら、幸助が心配そうに問いかけた。

「とにかく、腹を空《す》かせた弥吉には、お啓さんが食べさせてくれることになったよ」

「それはよかった」

お勝の下駄を運んだお琴が戻ってきて、お妙の横に座ると、

「おっ母さんもお食べよ」

お妙が、大人びた口ぶりで、お勝を促した。

「あぁ、ありがとう、そうするよ」

笑って返事をしたお勝は、いただくよ、と口にして、膳に並んだ芋《いも》の煮っころがしに箸をつけた。

どこからか、茶碗の触れ合う音がした。

井戸の方からは、水を流す音もする。

「与之吉《よのきち》さん、今ですか」

井戸端から庄次の声が轟《とどろ》いた。

「貸本屋《かしほんや》の与之吉さんは、今帰ってきたわね」

食べながら、お琴が口にした。

貸本屋の与之吉は、国松の家と空き家の間に住んでいる、三十近い男である。

「夕餉の支度なんか、こんなに暗くなってからはしませんよ。おれはこのまま表の『つつ井』に行こうかと思うんですがね」

庄次が口にしたのは、表通りの居酒屋の名である。

「それじゃ、おれも『つつ井』に行くか」

与之吉の声がした途端、

「先生、これから与之吉さんと表通りの『つつ井』に行く話がまとまったんですが、一緒にどうですか」

庄次が声を掛けた。

「いや、せっかくですが、わたしは朝の残り物がありますので」

丁寧に断った声は、幸助とお妙が通う手跡指南所の師匠、沢木栄五郎だった。

「お師匠様は、貧乏だからな」

憐《あわ》れむような声を出した幸助は、飯を搔《か》き込んだ。

「わたしたち、お師匠様にちゃんと束脩《そくしゅう》を渡してるのに」

お妙が、納得がいかないとばかりに、口を尖《とが》らせた。

「でも貧乏なんだ。だから、この棟の一番奥に住んでるんだ」

「ここは、向かいより店賃は高いのに」

お妙は、腑《ふ》に落ちない様子で幸助を睨《にら》む。

「沢木さんの家は、向かいの九尺二間より安いんだよ」

お勝は、お妙に笑いかけた。すると、

「え、どうして安いの」

お妙は、ポカンと口を開けた。

「沢木先生の家は厠《かわや》が近いから、九尺二間の店賃より五十文も安いのよ」

箸を動かしながら、お琴があっさりと理由を告げた。

「ふぅん」

まるまる得心したふうではなかったが、曖昧《あいまい》な声を出して、お妙はまた箸を動かし始める。

「おぉ、『つつ井』はいいね」

井戸端から新たに加わった、十八五文《とおはちごもん》の薬売りの鶴太郎の声がした。

「三両を手にした国松さんにあやかれるよう、大いに散財しようじゃありませんか」

庄次の声に、

「いいね」

と与之吉が応じ、やがて、男三人の声が井戸端から遠のいていく気配が、お勝の家に届いた。

「散財すると、どうして国松さんにあやかれるんだ？」

独り言のように口にすると、幸助は首を捻った。

「あやかれないあやかれない」

お琴は、含み笑いをして囁く。

「飲みに行く口実にしてるだけだよ」

お勝は、そう断じた。

表通りの料理屋の座敷からだろうか、三味線《しゃみせん》や太鼓《たいこ》の音が風に乗って、途切れ途切れに聞こえてきた。


国松夫婦が三両を手にしてから三日が経っている。

十月十三日は、日蓮聖人《にちれんしょうにん》の命日で、それにちなむ御会式《おえしき》が執《と》り行われるというので、多くの信徒が谷中の日蓮宗の寺へ向かう姿が、朝から見受けられた。

質舗『岩木屋』の周辺は、根津権現社の紅葉見物に訪れた人の行《ゆ》き交《か》いもあるが、昼下がりの店内は長閑《のどか》である。

「ただいま戻りました」

表の障子戸を開けて、弥太郎が土間に入ってきて、

「荷物は、裏で茂平さんに渡しましたので」

帳場のお勝に報告をすると、框に腰を掛けた。

「おかみさんが薩摩芋《さつまいも》を蒸《ふ》かしてくだすってるから、裏へ回って食べておいでよ」

「お、そりゃありがたい」

土間に立った弥太郎が、表に向かいかけて足を止めた。

「そうだ、番頭さん。『ごんげん長屋』の住人に、拾った三両が下げ渡されたっていうのは本当ですか」

「お前、どうしてそんなこと知ってるんだよ」

「門前町界隈じゃ、ちらほら噂になってますよ」

「本当のことだけどさ、お前まで噂を広げるんじゃないよ」

「わかってます。じゃ、わたしは、芋の方に」

頭を下げると、弥太郎は表へと飛び出した。

お勝から思わずため息が出る。

三日前、居酒屋『つつ井』に繰り出した庄次や与之吉、それに鶴太郎らが、国松の三両を肴《さかな》にして、飲み食いをしたに違いあるまい。

国松とおたか夫婦が案じていたのは、このような噂が広がることでもあったのだ。

夫婦の悩みの種《たね》の三両は、受け取ったその日に大家の伝兵衛に預け、その翌日には、伝兵衛が家主の惣右衛門に預けたと聞いている。

外からゆっくりと、障子戸が開けられた。

「お勝さん、いたね」

笑顔で土間に足を踏み入れた伝兵衛は、二十五、六くらいの男を連れていた。

お勝は帳場を立って、土間近くで膝を揃えた。

「この人はね、杉蔵《すぎぞう》さんといって、今日から『ごんげん長屋』に住むことになったお人なんだ」

「杉蔵と申します。大家さんから道々伺《うかが》いましたが、番頭さんも『ごんげん長屋』の住人だそうで」

役者顔をした優男《やさおとこ》は、お勝に丁寧に腰を折った。

「ご丁寧に」

軽く頭を下げたお勝は、ふと、

「『ごんげん長屋』で空いてるというと、鳶の岩造《いわぞう》さん夫婦と貸本屋の与之吉さんの家の間、ですね」

独り言のように口にした。

「それで、取り急ぎ、布団と行灯と火鉢を借りたいとお言いだから、お連れしたんですよ」

「わかりました。それでしたら後で、大八車に載せて届けさせますが」

お伺いを立てるように問いかけると、

「それで構いません」

杉蔵は、人懐《ひとなつ》っこい笑みを浮かべた。


六つ（午後六時頃）の鐘が鳴ってから、四半刻が経っている。

日の入りから半刻（約一時間）も過ぎた『ごんげん長屋』は、夜の帳《とばり》に包まれようとしていた。

お勝が、茶を注いだ湯呑《ゆのみ》と、練《ね》り切《き》りの菓子を四つ載せたお盆を板張りに置くと、集まっていたお琴、幸助、お妙の体が前のめりになった。

「『岩木屋』のおかみさんにいただいたものだから、町中で見かけたら、お礼を言うんだよ」

「わかってる」

お琴は口にしたが、菓子を見ている幸助とお妙は、ただ頷くだけだ。

「じゃ、お食べ」

「いただきます」

幸助とお妙も声を上げ、三人の子供は菓子を摘《つ》まんだ。

「ちょっと、いいかね」

外から静かに戸が開いて、お啓が顔を突き入れた。

「どうぞ」

返事をしたお琴は、幸助とお妙を土間から少し離れさせた。

お啓に続いて、お富も土間に入ってきた。

「ま、お掛けよ」

お勝が促すと、お啓とお富は框に腰掛けた。

「今日、うちの隣に若い人が住むことになったじゃありませんか」

いつもは声高に喋るお富が、かなり声をひそめた。

「うちの手代が、損料貸しの布団なんかを届けたばかりだよ」

「それでね、大家さんは、あの若いお人に、あの家の事情をちゃんと話したのかどうか、心配になってさぁ」

「ほら、あの家には、なぜだか、人が長く居つかないということをですよぉ」

お啓が、お富の心配ごとの中身を言い添える。

「伝兵衛さんが、そんなこと言うとは思えないがね。空き家が埋まるっていうときに、そんな不気味なことを言うはずないだろう」

「ね、お勝さんの言う通りだよ、お富ちゃん」

「なるほど、それでかぁ」

「どうしたのさ」

お勝まで声を低めて、お富の方に身を乗り出した。

「うちの岩造もだけど、長屋の男どもが賭《か》けを始めたんですよ。新しい店子が、何日で『ごんげん長屋』を出ていくかって」

「岩造さんにうちの辰之助でしょ。貸本屋の与之吉、左官の庄次、十八五文《とおはちごもん》の鶴太郎に、町小使《まちこづかい》の藤七さんまで」

「ううん。囲われてるお志麻さんまで加わったらしいよ」

お啓の話を引き継《つ》いだお富は、少し小声になった。

「男って言うなら、沢木先生は」

「何を言うんだい幸助、あの先生は賭けごとなんかしやしないよぉ」

お啓が笑って片手を打ち振ると、

「貧乏だから」

お妙が真顔で呟いた。


日蓮宗の御会式の日から四日が過ぎた、十月中旬の昼下がりである。

根津権現社の境内《けいだい》は、相変わらず紅葉見物の人出はあるが、ひと頃に比べたら落ち着いている。

損料貸しの品物を届けたお勝が、慶三とともに根津権現社の裏門から境内に入り、惣門《そうもん》へと向かっていると、茶店の縁台に腰掛けている見知った顔を見つけた。

「慶三さん、先に行っててておくれ」

「はい」

深く詮索《せんさく》することなく、慶三は惣門の方へと歩き去った。

「おたかさん、どうしたんだい」

声を掛けると、縁台に腰掛けていたおたかは顔を上げた。

「あぁ」

と、お勝に笑みを浮かべたものの、顔つきには疲れが見える。

「髪集めに歩いてたんだけど、体がだるくなったもんだから」

「お金はあるんだから、無理をすることはないよ」

そう言うと、お勝はおたかの横に腰掛けた。

「だけど、家にじっとしているのもなんだし」

苦笑を浮かべたおたかは、湯呑を口に運んだ。

「いらっしゃい」

店の中から、赤い前垂《まえだ》れの娘が出てきた。

「お茶と、団子をふたつね」

「はい」

娘は頷いて、店の中へと戻っていった。

「そうそう。空き家に入った杉蔵さんと親しくしてるんだってねぇ」

お勝は、おたかに笑いかけた。

おたかの倅の弥吉ともよく遊ぶ幸助からもお富からも、国松一家が杉蔵と親しくしていると聞いていたのだ。

別段悪いことではないのだが、人付き合いの苦手な国松一家にしては、いささか珍しいことに思えた。

「うちの人も仕事に出て、わたしも家を空けたとき、留守番していた弥吉にお菓子をくれたので、そのお礼に行ったのが始まりでした」

おたかは、嬉しそうに顔を綻《ほころ》ばせた。

「一昨日《おとい》の夜なんか、うちの人は、仕事帰りに杉蔵さんと会うことになっていたらしくて、池之端の居酒屋に寄り道をしてきたんですよ。帰りには、わたしや弥吉にって、寿司《すし》のお土産《みやげ》まで置いていってくれました。それに、昨日も今日も、わたしが髪集めに出掛けると言うと、弥吉の面倒はおれが見ると言ってくれましたし、ありがたいことです」

おたかはしみじみとため息をついた。不器用な国松に声を掛けてくれる相手が出来たこと、気にかけてくれる知人が出来たことを、おたかは心底喜んでいるようだ。

「それでわたし、つい、杉蔵さんに話してしまったんですよ」

おたかの顔が少し曇った。

杉蔵が入った家に、人が長く居つかないということを洩らしたのだという。

その家は、空いているときの方が多く、『ごんげん長屋』の住人たちは、何か曰《いわ》くがあるに違いないと、密《ひそ》かに噂をしているのだということまで杉蔵に話してしまったと打ち明けた。

「それで、杉蔵さんはなんて」

「おれはそんな曰くがあろうが祟《たた》りがあろうが、怖くはないよって、笑ってましたけど」

「だったら、おたかさんが気にすることはないよ」

お勝も、おたかに笑みを向けた。

「お待ちどおさま」

団子を二串《くし》載せた皿と、湯呑の載ったお盆を置くとすぐ、娘は店の奥に戻った。

「疲れには、甘い物が効くよ」

おたかに勧めて、お勝は湯呑を手にした。

「しかし、杉蔵さんにこれという仕事はないのかねぇ」

「弥吉の相手をすると言ってくれたときに尋ねたら、人から頼まれたときだけ仕事をするんだとか言ってましたから、大方、町小使の藤七さんと同じような生業《なりわい》かもしれませんね」

そう言うと、おたかは串刺しの団子をひとつ、口に入れた。

日暮れてから人が集まる根津権現門前町に明かりが灯り、町全体がさんざめき始めた。

表通りから小路を曲がって、『ごんげん長屋』に入ると、表の喧騒《けんそう》は嘘のように聞こえなくなる。

四

七つ半（午後五時頃）に仕事を終えたお勝は、いつもと同じような刻限に『ごんげん長屋』に戻った。

根津権現社でおたかに団子を奢《おご》った日の翌日である。

井戸端を通って家に向かいかけると、伝兵衛の家の戸口に、人の背中がいくつも重なっているのが眼に入った。

訝《いぶか》るように近づくと、家の三和土には岩造とお富夫婦の他に、お啓、沢木栄五郎やお志麻がおり、上がり口に膝を揃えた伝兵衛に何ごとか訴えかけていた。

「何ごとですか」

お勝が声を掛けると、栄五郎の陰に隠れていたお琴が戸口を振り向いた。

「いえね、岩造さんとお富さんが、昨夜、隣の杉蔵さんの家から、妙な音がしたって言うんですよ」

みんなに成り代わって、お啓がお勝に囁く。

「お勝さん、中に」

お志麻はそう言うと、三和土を空けて外に出た。するとすぐに、

「わたしも」

と、栄五郎も三和土から外に出てきた。

「すみませんね」

二人に会釈をして、お勝は三和土に足を踏み入れた。

「何か、床の下を掘り返しているような音だと言うんですがね」

伝兵衛は、信じられないと言うように首を傾《かし》げた。

「たしかに聞こえたんだよ、なっ」

「がりがり、ごつごつって」

岩造に確かめの声を掛けられたお富は、伝兵衛に向かって禍々《まがまが》しい声色《こわいろ》をしてみせた。

「昨夜は、知り合いという男が二人、杉蔵さんの家に泊まったはずだがね」

お勝は、呟くように口にすると、お琴の方を向いた。

「そうよ。厠に行った帰り、男の人が二人、杉蔵さんの家に入ったのを見たんです」

お琴は、お勝が言ったことを裏付けた。そして、

「そういえば、五つ半（午後九時頃）って時分に杉蔵さんが家に来て、知り合いを二人泊まらせるんでよろしくと、挨拶していったな」

岩造がそう口にすると、お富は大きく頷いた。

「わたし、その前に見かけたのかもしれない。挨拶回りに行く前に」

そう言うと、お琴は一人合点《がてん》して頷いた。

「どうも皆さん、わたしのことでお集まりだと聞いて来たんですが」

戸口に立った杉蔵が、笑顔で腰を折った。

「お入りなさいよ」

お勝が促すと、杉蔵は素直に三和土に入ってきた。

伝兵衛が、杉蔵の家から聞こえた物音について集まっているのだと告げると、

「いやぁ、わたしら気をつけて、静かに掘り返したつもりでしたが、聞こえましたか」

杉蔵は誤魔化《ごまか》しもせず、素直に腰を折った。

「床下を？」

伝兵衛が呆気《あっけ》にとられると、

「なんでまたそんなことを！」

お啓が畳《たた》みかけた。

「わたしが入ったあの家は、人が居つかないと聞いておりましたので、これは何かあるに違いないと、知り合いを呼んで、床下を掘ったわけで」

「どうして」

お勝は、何の気なしに口にした。

「世の中の不思議というものに興《きょう》が湧《わ》きましてね」

「床下にですか」

栄五郎が、真顔で尋ねた。

「まぁ、あの家に人が長く居つかないというのには、何かしら曰くがあると思って間違いないでしょう。曰くというのは、祟りということもある。ね、それで、人は居心地が悪いんで、あすこから出ていくんじゃねぇかと」

「祟りと言うと」

お志麻が、怯《おび》えたように声を低くして尋ねた。

「床下に、昔、人か、あるいは犬猫の類《たぐい》が埋められたとか、いや、何百年か前は墓だったかもしれませんし、根津の岡場所の女が男に騙《だま》されたあげく殺され、あそこに埋められたということも」

「やめてくださいっ、あなた。そんな噂が広まりでもしたら大ごとですよ」

伝兵衛はこめかみに青筋を立てて、杉蔵の話を断《た》ち切った。

「埋められているというのは、あながち間違ってはいないかもしれませんね」

独り言のように呟いた栄五郎が、軽く唸って天井を見上げた。

「沢木さんあぁた」

伝兵衛の声が頭のてっぺんから出た。

「埋められているのは、宝ということもあります」

その言葉に一同は声もなく、ただ、ぽかんと栄五郎を見た。

「たとえば、野山では化け物が出る鬼が出ると言い、海では海坊主が出て船が沈められるなどと言って、人を怯えさせる様々な言い伝えがあります。そういう噂があるところこそ、実は山の幸《さち》、海の恵みが豊かな場所なのですよ。他の者がやってきて、自分たちの恵みを減らされると損をするので、誰も近づけないよう、祟りがあるだの妖怪が出るなどと言いふらして、人を寄せつけないようにしているのですよ」

栄五郎が話し終えると、その場にいた全員が黙り込み、岩造は唸り声を上げて腕を組んだ。

「以前ここに、生国《しょうごく》が上州《じょうしゅう》だという爺さんがいてね。その爺さんの村じゃ、山の奥には大蛇の出る川があるから、近づいてはならないという戒《いまし》めがあったらしいんだ。だが、本当は、川に出るのは大蛇じゃなく、砂金《さきん》だったということがわかって、村では諍《いさか》いが絶《た》えなくなったと言っていたよ」

伝兵衛が、しみじみと語った。

「すると、杉蔵さんの家の床下には、お宝があると大家さんは言うのかよ」

「違うよぉ」

伝兵衛は、岩造に吠《ほ》えた。

「杉蔵さん、掘り返して、何か出たのかい」

お啓が、眼を輝かせて問いかけると、

「何もありませんでしたよ」

投げやりな物言いをして、杉蔵は大きく、はぁとため息をついた。

十月二十日は、恵比寿講《えびすこう》である。

その日は、商売繁盛《はんじょう》を願う商家が、知り合いなどを招いて酒宴《しゅえん》を催《もよお》すという、上方から伝わった行事があった。

その夜、『ごんげん長屋』の伝兵衛の家でも、思いもよらぬ宴《うたげ》が開かれることになった。

六つ（午後六時頃）の鐘を合図に、伝兵衛の家の座敷に集まるよう、昨夜、伝兵衛と藤七が触れて回ったが、仕事が終わってからでないと来られないという者もおり、

『集まれる人は、いつ来ても構わない』

と、極めて大雑把《おおざっぱ》な取り決めは、住人の気を楽にしてくれた。

この日の宴は、昨夜、突然決まったことである。

きっかけは、杉蔵が『ごんげん長屋』を引き払ったことによる。

「実は、『ごんげん長屋』を出ることになりましてね」

昨日の昼前、『岩木屋』に現れた杉蔵が、お勝にそう打ち明け、

「借りていたものは、伝兵衛さんが都合つけてくれた荷車に載せて来ました」

と、表を指さした。

お勝は荷車に載っていた布団などを調べたが、どこにも瑕疵《かし》はなく、修繕代を要求することもなかった。

「昔からの知り合いと、上方に行くことになりましてね」

そう言うと杉蔵は、短い間だったが、『ごんげん長屋』は楽しかったよと、小さく頭を下げた。

「ひとつ心残りは、おれがいつ長屋を出るかという賭けに勝ったのは誰か、それは知りたかったよ」

ふふという笑いを残して、杉蔵はお勝の前から去っていった。

杉蔵が気にしていた賭けの、その結果が判明したのは昨夜だった。

賭けに加わった岩造、辰之助、与之吉、左官の庄次、十八五文《とおはちごもん》の鶴太郎、藤七、それにお志麻が、独り者の庄次の家に集まって、書付を開いた。

そこには、杉蔵が何日で長屋を出るかという、参加者全員の予想日数が記されてあり、『三日』で出ると賭けた者もいれば、『ふた月』とした者もいたが、『六日』と賭けた藤七の一人勝ちとなり、賭け金三百五十文を手にしたのである。

七十にもうすぐ手の届く一人暮らしの藤七は、

『長屋のみんなにはいつも世話になってるから』

と、長屋の一同に飲食を振る舞うことにしたという。

それが、伝兵衛の家の座敷で開かれることになった酒宴のあらましである。

住人の中には、遠慮したり、用があって出られないという者もいたが、賭けに参加した七人の他に、お富やお啓、伝兵衛、国松、そして、お勝が酒宴に集まった。

「杉蔵さんが出ていったのは、やっぱり、あの家のせいかね」

飲み食いが進んだ頃、お啓が声をひそめた。

「わたしには、上方に行くって言っていたけどね」

返答したのは、お勝である。

品物を返しに、『岩木屋』に現れた杉蔵の様子をみんなに教えた。

「国松さん、杉蔵さんから、もっと違うわけを聞いてないのかい」

「いや、わたしは聞いていませんが」

国松は、問いかけた岩造にそう答えた。

「杉蔵さんとは仲良くしていたから、国松さんなら本当の事情を聞いたんじゃないかと思ったがねぇ」

庄次が、くいと酒の入った湯呑を呷《あお》った。

「仲良くと言いますが、杉蔵さんとは、二度ばかり飲んだだけですよ」

国松は穏やかな声でそう言うと、煮しめのこんにゃくを口に入れる。

「他の連中には声も掛からなかったのに、国松さんだけ酒に誘われたというのは、よほど気に入られたってことだよ」

「そうそう」

お啓が、亭主の発言に大きく頷いた。

「ですが、今思い返すと、杉蔵さんの話はいつも、三両を拾ったのはどの辺りだったかということばかりだったなぁ」

国松は、思い出したように、小首を傾げた。

そして、杉蔵には、仕事場である霊岸島への行き帰りの道筋まで尋ねられたともいう。

霊岸島までは結構な道のりだから、国松はいつも、朝の暗いうちに『ごんげん長屋』を出ていくことは、住人の誰もが知っている。

「だがね、神田川の佐久間河岸《さくまがし》か浅草御蔵《あさくさおくら》に行けば、霊岸島に行く知り合いの舟があるから、それに乗せてもらえれば、一刻（約二時間）もかからずに着けるんですよ」

国松は、日に焼けた顔を綻ばせた。

「国松さんが三両を拾ったのは、半年前の霊岸島からの帰りだったんですよね」

「はい」

国松は、お富に返事をした。

それは、霊岸島から本所中之郷《ほんじよなかのごう》に帰る瓦屋《かわらや》の荷船で、浅草御蔵まで乗せてもらった夕刻のことだったと、国松は記憶を辿った。

下谷《したや》の三味線堀《しやみせんぼり》を通って上野広小路へ出ると、不忍池の東の谷中道《やなかみち》を歩いて根津へと向かったという。

広小路から根津に行くには、池之端仲町《いけのはたなかちよう》から不忍池の西側を行く手もあるが、国松は、谷中道から東叡山御花畑《とうえいざんおはなばたけ》を通る道を行くのが常だった。

三両を拾った半年前の四月なら、帰途《きと》に就《つ》いた国松が谷中道を通る頃は、夜の帳が下り始めていたと思われる。

「辺りはだいぶ暗くなっていましたが、池の畔《ほとり》には出合茶屋《であいぢやや》の明かりが灯ってますから、真っ暗じゃありませんでしたよ。あの日は、弁天堂《べんてんどう》の前を過ぎて、時の鐘の方に上る稲荷坂下の暗がりで、ジャリッと何かを踏んだんですよ」

「それが、あの三両か」

しみじみと口にした伝兵衛に、国松は頷いた。

「その話を、国松さんは杉蔵に話して聞かせたってわけか」

鶴太郎が問いかけると、国松は「はい」とまた頷いた。

そして、時の鐘の番所や黒門《くろもん》の高札場《こうさつば》、それに、根津権現門前町の木戸番所《きどばんしょ》や自身番に、三両の落とし主を尋ねる立札が立っていたことを、杉蔵は前々から知っていたらしいと、思い出したように口にした。

「もしかして、杉蔵が三両の落とし主か」

「だったら、名乗り出るだろう」

辰之助が、与之吉の推察を蹴散らした。

「名乗り出たくても、出られない事情があったのかもしれないよ」

藤七の口から、ぽつりと洩れた。

これまで静かに飲み食いをしていた藤七の声が、お勝の耳に不気味に響いた。

五

二十日の恵比寿講が過ぎてから、質舗『岩木屋』は一段と忙しくなった。

日に日に寒さが募《つの》り、冬の布団や火鉢、それに櫓炬燵《やぐらごたつ》の櫓を借りたいという客が日に四、五人は飛び込んできた。

その他に、綿入れが欲しいと駆け込む者まで現れる。

師走《しわす》にでもなれば、米屋などへの一年分の支払いをする大晦日《おおみそか》を前に、質入れの客が増えて、お勝ら『岩木屋』の奉公人たちは、眼の回る忙しさに見舞われるのだ。

伝兵衛の家で住人の酒宴が催されてから三日が経った早朝、お勝と伝兵衛は不忍池の東の畔を、生池院《しょうちいん》弁天堂へと急いでいる。

お勝は、今朝の六つ頃（午前六時頃）、左官の道具袋を担いで出掛ける庄次を井戸端で見送ったのだが、四半刻ばかり経った頃、

「不忍池の弁天堂近くの水面に、男の死骸がふたつ浮かんでる」

慌てふためいて『ごんげん長屋』に取って返してきた庄次が、井戸端で叫んだのだ。

朝餉を摂っていたお勝の他に、伝兵衛をはじめ、長屋に残っていたお啓やお富が何ごとかと集まってくると、

「死人のひとつは、杉蔵さんに似てたんだ」

と、掠れた声を出した。

その直後、お勝と伝兵衛は弁天堂に向かったのである。

店に出るのが遅くなるという『岩木屋』への言付けは、お琴に託していた。

国松が霊岸島からの帰りにいつも通る谷中道を足早に進むと、池の中島にある弁天堂へ繋《つな》がる道で、目明かしの下っ引きらしき男たちが、物見高い通行人たちを追い返していた。

早朝の池の畔に、野次馬《やじうま》の数はそれほど多くはない。

「『ごんげん長屋』の伝兵衛と申しますが、死人の一人に心当たりがありまして」

伝兵衛が下っ引きに話しかけていると、

「おぉい、その二人を通してやれ」

弁天堂近くから、目明かしの作造が下っ引きに指示を飛ばした。

下っ引き二人に道を空けられて、お勝と伝兵衛は弁天堂へと急いだ。

地面に並べられていたふたつの筵《むしろ》の周りには、作造や権六と、近所の町役人《ちようやくにん》と思《おぼ》しき連中がいる。

「心当たりがあるんだってね」

声を掛けたのは、筵の傍に腰を屈《かが》めていた同心の佐藤利兵衛だった。

「さっき水死人の一人を見た者が、この前まで、わたしどもの長屋に住んでいた男に似ていると申すものですから」

震える声で伝兵衛が事情を話すと、作造が一枚の筵を捲《めく》った。

水に濡れた髪の毛が、額や頬に張りついている男の顔は、紛《まぎ》れもなく杉蔵だった。蠟《ろう》のように白くなった顔に、微かに苦悶《くもん》の表情が見て取れた。

「杉蔵さんだ」

伝兵衛の口から、小さな声が洩れた。

お勝は黙って頷いた。

「ついでに、もう一人の方も見てもらおうか」

佐藤の声に、作造はもうひとつの筵も捲った。

作造は、杉蔵の隣に横たわった男の両袖を、十手の先で捲り上げた。

「この通り、入れ墨はないんだが」

と、言うが早いか、作造は指を使って、左の瞼《まぶた》を上下に開いた。

その瞼の下に黒眼はなく、輝きを失った白眼だけが見えた。

水に流されて血の痕《あと》はほとんどないが、ふたつの死体には、刃物で裂かれた着物の下に、いくつもの刺し傷や切り傷が、割れた柘榴《ざくろ》のようにパカリと口を開けていた。

根津権現門前町の自身番に朝日が降り注いでいる。

日が昇ったばかりの不忍池に駆けつけた時分は、朝の冷気が首筋を刺したが、鉄瓶の載った火鉢の周りは暖かい。

ふたつの死骸を、上野広小路の寺に預けた後、同心の佐藤はじめ、作造と権六は、根津の自身番で暖を取ることにしたのだ。

同行することになったお勝が、伝兵衛も加わった一同に茶を淹《い》れて、出し終えたばかりであった。

見つかった死体のひとつが、片眼の白い男だったことから、ともに死んでいた杉蔵は、ひと月半前、根津権現門前町の妓楼『石鎚屋』に押しかけて客を殺した連中と関わりがあると見てよい――そう推測した佐藤は、『石鎚屋』の一件と、不忍池に浮かんだ死体との関わりについて、お勝や伝兵衛からも話を聞こうと思い立ったのである。

杉蔵が『ごんげん長屋』に住み始め、三両を手にした国松に近づいたこと、夜中に家の床下を掘り返したというお勝と伝兵衛の話を聞いた途端、佐藤は大いに興味を抱いたと思われる。

「杉蔵が『ごんげん長屋』に入り込んだのは、国松が拾った三両は、仲間が隠そうとしたときに落とした金の一部ではないかと睨んで、それを探るためだったんじゃねぇかねぇ」

ひと口茶を飲んだ作造が口を開くと、佐藤は、

「というより、杉蔵の奴、国松は隠した金のすべてを見つけたと勘繰《かんぐ》ったのかもしれないぜ。届け出たのは三両だが、本当は空き家の床下に埋めたんじゃないかとさ」

そう推《お》し量《はか》った。

お勝も佐藤の考えが当たっているような気がする。

床下を掘り返すという動きまでしたのが、その証《あかし》と言える。

ところが、いくら金の話を聞いても、国松が隠しているとは思えず、杉蔵は『ごんげん長屋』を諦《あきら》めて、出ていったのだろう。

「先日、『石鎚屋』さんで起きた人殺しのお調べをなすってる作造親分と権六親分から聞いた話が、今でも耳に残っているんですが」

お勝は、へりくだった物言いをした。

「なんだい。遠慮なく言ってくれよ」

作造に促されると、お勝は、『石鎚屋』に押し込んだ二人連れが、客の男と交わしたやりとりのことを持ち出した。

刃物を手に押しかけた二人連れが『分け前を早く』『だんえもんは金をどこに隠した』と声を上げると、襲われた方の男は『谷中七福神のどこかだ』と自棄のように返答したという話だった。

「それが何か」

佐藤が、眉をひそめた。

「さっき、死体が上がっていた弁天堂は、弁財天《べんざいてん》を祀《まつ》る谷中七福神のひとつでございます」

お勝がそう告げると、佐藤をはじめ、作造も権六もにわかに色めき立った。

「『石鎚屋』さんの客になっていた男は、押しかけた二人連れにお金の隠し場所を聞かれて、『谷中七福神のどこかだ』と答えたということですから、殺された杉蔵さんと白眼の男は、不忍池の弁天堂に近づこうとして」

そこまで口にして、お勝は後の言葉を呑み込んだ。

「だが、今朝の弁天堂に、特段荒らされた様子はなかったし、寺男もそんなことは何も言わなかったな」

「へい」

作造は、佐藤の言い分に同調した。

「佐藤様、実は、谷中、日暮里《にっぽり》辺りの寺から、この二、三日の間に本堂を荒らされたという届け出があったんでございます。盗《と》られたものはなかったんですが、お寺さんは、何かを探しでもしたように、戸袋やら須弥壇《しゅみだん》の下を引っかき回されたと嘆《なげ》いておりました」

権六が、密やかな声を出した。

「それは、どこだ」

佐藤の眼が光った。

東叡山山内にある、大黒天《だいこくてん》を祀る護国院《ごこくいん》、毘沙門天《びしゃもんてん》の谷中感応寺、布袋《ほてい》様の新堀村《にっぽりむら》、修性院《しゅしょういん》だと権六が並べると、

「おれは耳にしただけだが、瑞林寺《ずいりんじ》門前の西光寺《さいこうじ》や根岸《ねぎし》の元三島熊野社《もとみしまくまのしゃ》にも何者かが忍び込んだらしいぜ」

何者かが寺を狙った件は、作造も知っていた。

「この一件は、やっぱりどうも、盗賊か博徒の、仲間内の金の奪い合いだったの

かもしれねぇな」

佐藤は、ため息交《ま》じりに口にした。

『石鎚屋』に押しかけた二人連れは、金の隠し場所は『谷中七福神のどこか』だと聞いた末に、相手を刺し殺した。

しかし、殺された男が、真実を口にしたかどうかはわからない。

杉蔵や白眼の男は、敵対した連中におびき寄せられたあげくに殺されたとも考えられると、佐藤は呟いた。

「これは余計なことですが、瑞林寺門前の西光寺は八十八カ所巡りの札所で、元三島熊野社は、たしか、下谷《したや》七福神《しちふくじん》のひとつだと思います」

控えめな声で言うと、お勝は小さく頭を下げた。

「奴ら、どれくらいの額の金を奪い合っていたか知らねぇが、谷中の七福神も知らねぇ連中の手に、盗んだ金なんか握らせたくはねぇなぁ」

佐藤が、自身番の外に向かって、自棄のように吠えた。

店を訪れる客がめっきりと減った昼下がりである。

質舗『岩木屋』の帳場に座ったお勝は、算盤《そろばん》を弾《はじ》いての帳面付けに追われていた。

板張りには炭火を入れた火鉢がふたつ置いてあって、幾分暖かい。

蔵番の茂平は蔵の中で品物の整理をしているはずである。

慶三は裏の作業場で、要助と二人、質草《しちぐさ》につける名札用の紙縒《こよ》りを縒《よ》っているかもしれない。

杉蔵の死体が不忍池に浮かんだ一件で、この日、お勝は『岩木屋』に着くのが遅くなった。

四つ（午前十時頃）過ぎに着いて、主の吉之助に同心の佐藤利兵衛や目明かしたちと話し合ったことを大まかに報告した。

妓楼『石鎚屋』に貸していた布団が、ひと月半前の刃傷沙汰で血まみれになってしまったことも、殺されて不忍池で見つかった死体も、盗賊か博徒による金を巡る対立が生んだことだと思われると話すと、

「まるで芝居の筋立てのような話だねぇ」

吉之助は腹の底から感心していた。

ことりと、戸の開く音がした。

帳面から顔を上げると、思いつめたような顔をしたおたかが、土間に入ってき

た。

「どうしたんだい」

帳場を立ったお勝は、土間の近くの板張りに膝を揃える。

「わたし、どうも、腹にやや子が出来たようなんです」

そう口にしたおたかの顔は暗い。

「おめでたいじゃないか」

「でも」

「やや子、欲しくないのかい」

「欲しいけど、何かと物入りになるから」

おたかは、ため息をついた。

「何言ってるんだよ。伝兵衛さんに預けた三両があるじゃないか」

「あ」

おたかは、口も眼も大きく開けた。

「何さ」

「三両のこと、忘れてました」

おたかの声は掠れている。

「今日はもう、何かと遅いから、明日、赤飯炊いて、長屋のみんなに振る舞いなさい」

「けどお勝さん、先に住んでた長屋で弥吉を身籠《みご》もったときは、そんなことしませんでしたよ」

「しなきゃ駄目なの。いいかいおたかさん、赤飯を振る舞ったり、岩田帯《いわたおび》で帯祝いをしたりするのは、生まれてくるやや子をよろしくと言うための、みんなへのお知らせなんだ。そうしたら、長屋のみんながおたかさんを気遣《きづか》ってくれる。弥吉もうちの子供たちも、おたかさんの手伝いを買って出るようになるし、生まれるのが弟分か妹分かはわからないが、面倒を見たり可愛がったりする準備を始めるんだよ」

「はい」

お勝の話を聞くうちに、おたかの顔つきが明るくなった。

「おたかさん、国松さんが拾ったお金は、こういうときに使うんだよ」

「はい」

「もしかしたら、あの三両は、おたかさんが身籠もったことを知った権現様《ごんげん》が、恵んでくだすったものかもしれないね」

「わかりました。小豆《あずき》を買って、赤飯を炊きます」

「伝兵衛さんに事情を話して、あの三両から小豆代を貰うといいよ」

「はい」

にこりと笑ったおたかが、表に向かって駆け出そうとした。

「駆けるんじゃない！　腹の子に障《さわ》るっ！」

お勝の、雷《かみなり》のような声が轟いた。

第三話　むくどり

一

質舗『岩木屋』の土間に下りた番頭のお勝は、出入り口の障子を開けた。

細かい雨が依然《いぜん》降り続いて、通りの路面を濡らしている。

見上げると、灰色の雲が貼りついていた。

昼前だというのに、通りも向かいの神主屋敷の建物も、まるで夕刻のように翳《かげ》っている。

月が替わって十一月になった昨日から、二日続けて雨に降られた。

今日の雨は、いつ雪に変わるかも知れないような、氷雨《ひさめ》である。

お勝はこの朝、お琴にも、手跡指南所《しゅせきしなんじょ》に通う幸助とお妙にも足袋《たび》を履かせた。

足袋を揃《そろ》えられない家ならともかく、足が冷たかろうが、躾《しつけ》と称して子供に我慢を強《し》いる商家があると聞くが、お勝にすれば、それはただの虐《いじ》めだ。

障子戸を閉めると、土間を上がって帳場に座った。

舌で指先を湿らせると、紙縒《こよ》り作りを再開する。

五本縒《よ》ったところで、表の戸が勢いよく開いた。

「ごめんよ」

口の周りが髭《ひげ》に覆《おお》われた男が、足を土間に踏み入れながら、だみ声を発した。

「おいでなさい」

帳場を立ったお勝は、土間の近くに膝《ひざ》を揃えた。

髭の男は頬被《ほおかぶ》りの手拭《てぬぐ》いを取り、尻《しり》っ端《ぱしょ》折りしていた着物を下ろし、

「預けていた質草《しちぐさ》を引き取りに来たんだがね」

と、懐《ふところ》から取り出した書付をお勝の前に突き出した。

日に焼けた髭面《ひげづら》をしているから老《ふ》けて見えるが、案外、お勝より年下かもしれない。

「大八車、一台。駒込千駄木下町《こまごめせんだぎしもまち》、『角兵衛店《かくべえだな》』、鎌五郎《かまごろう》さん」

受け取った書付の内容を声に出して読んだお勝は、鎌五郎に眼を向けた。

「おれだ」

鎌五郎は、大きく頷《うなず》く。

お勝が再度、書付に眼を戻した途端、

「これは」

という言葉が、口を衝《つ》いて出た。そして、

「預かったのは、文化十四年の十月となってますから、質置き期間の一年はとっくに過ぎていますよ」

「そんなはずはねぇ」

そう言うと、鎌五郎は片手の指を折って勘定《かんじょう》し始め、

「去年の十月ということは、今年の十五年の四月に文政になって、五、六、七、八、九、十、だから、ちょうど十二カ月になるじゃないか」

「ちょっとお待ちを」

腰を上げたお勝は、帳場の後ろの板戸を開けて、戸棚に積んであった帳面を一冊手にして、土間近くに戻った。

「去年の帳面にも書き記してありますように、大八車をお預かりしたのは、十月の二十日です。その書付にもそう書いてありますね」

「うん、それはそうだが」

書付を確かめた鎌五郎は、お勝に向かって弱々しい声を洩《も》らした。

「今日はもう、十一月二日、丙申《ひのえさる》ですから、もう期限は過ぎてるんですよ」

「いや、だからさぁ」

「鎌五郎さん、あんた、家に暦《こよみ》はあるんだろう」

お勝の問いかけに、鎌五郎は、はっとしたように息を呑《の》み、

「この夏だったか、焚《た》き付けの粗朶《そだ》がなかったもんで、壁に貼ってた暦を破って、七輪《しちりん》の火《ひ》熾《おこ》しに使っちまったよ」

弱々しい声を出した。

「暦がなくったって、周りを見てたら何月何日かぐらいわかるはずじゃないか。本当のところお前さん、書付の期日をウッカリ忘れてただけじゃないのかね」

「番頭さん、期限が過ぎて、まだ十日と少しじゃないか。大目に見てくんねぇか」

「わたしども質屋は、町奉行所のご指導のもとにやっている商《あきな》いでして、常日頃から決まりごとを守るよう努めませんと、お叱《しか》りを受けるのでございますよ」

お勝の返事を聞くと、よろけるようにして框《かまち》に腰を掛けた鎌五郎は、せつなげにため息をついた。

「今日、引き取れると思って、一両持ってきたんだがね」

「たしかに一両でお預かりしましたが、一年経《た》ちますと、利息というものが掛かりますから。それに、期限が過ぎたものは、うちがやっております損料貸《そんりょうが》しの方で使ったり、入用《いりよう》なお人に売ったりするんです」

「おれの、大八は」

「たしか、螢沢《ほたるざわ》の材木屋さんにお売りしました」

お勝の返答に、

「それじゃ、どうやって車曳《くるまひ》きの仕事をすりゃいいんだ」

鎌五郎の両肩が、がくりと落ちた。

「だがお前さん、大八車を質に入れてる間、仕事はどうしてたんだい」

「何人か、車曳きの知り合いがいるから、そいつらの仕事がないときに借りて、やりくりしてたよ」

「あんたねぇ、そういう算段ができるなら、どうしてちゃんと日付を確かめておかなかったのさ。そうしたら、みすみす質草を流すこともなかったのに」

お勝は、まるで身内を叱るような物言いをした。

はぁと、大きく息を吐くと、鎌五郎は頭を抱えた。

そのとき、入り口の障子が開いて、蛇《じゃ》の目傘《めがさ》を外に置いた佐藤利兵衛が、土間に入ってきた。

「これは佐藤様」

「おれはいいから、そっちの用事を先に」

気遣《きづか》いをして框に近づく佐藤を見て、鎌五郎がぴくりと背筋を伸ばした。

羽織《はおり》の裾《すそ》を、腰に差した刀の上まで捲《まく》り上げているのは、奉行所の同心だということは、町中で働く江戸の者なら大半が知っている。

「鎌五郎さん、大八車が欲しいなら、損料貸しをお勧めしますがね」

お勝が声を掛けると、

「それはいったい――」

鎌五郎は首を伸ばした。

損料貸しには、一日貸しもあれば三日貸し十日貸しと、借り手の都合に合わせる手立てがある。

鎌五郎の仕事は車曳きだから、半年、一年借りてもよさそうだが、仕事にならない雨の日の借り賃まで払うことになる。

「それよりは、日の出から日の入りまで借りる一日貸しにすれば、仕事に出ない日は、借り賃を払わなくて済むというわけだよ」

「なぁるほど」

鎌五郎は大きく頷き、明朝晴れたら大八車を借りに来ると言い残して、小雨の降る表へと出ていった。

「茶でもいかがです」

お勝がそう言って腰を上げると、

「いやいや、何も構ってくれるな。それよりも、あれ」

佐藤は、帳場の後ろの柱を指さした。

柱には、お尋ね者の人相書きが、二枚貼ってある。

そのうちの一枚は、先月の初めに、目明かしの作造が置いていったものである。

「相州無宿《そうしゅうむしゅく》、鬼吉《おにきち》は、十日ほど前に内藤新宿《ないとうしんじゅく》で死んだよ」

「さようですか」

お勝は、柱に貼ってあった一枚の人相書きを剝《は》がすと、帳場に座り、

「お尋ね者とはいえ、毎日ここで人相書きを見ておりますと、今、どこでどう生きているのかと、つい気になるものでして」

小さな苦笑を浮かべると、人相書きを四つに折り畳《たた》んだ。

「ただいま戻りました」

外から障子戸を開けて土間に入った慶三が、

「これは佐藤様」

細長い袋を抱えたまま、頭を下げた。

「まだ、降ってるかな」

佐藤は首を伸ばして、開いた障子戸の外を窺《うかが》う。

「そろそろ止《や》みそうだと思いますが」

「お勝さん、邪魔したね」

「なんの。いつでもお寄りください」

お勝の声に片手を挙げると、佐藤は表へと出ていった。

慶三は、帳場近くに膝を揃えて、細長い袋の中から、一振りの刀を取り出して
板張りに置いた。

「鞘《さや》も刀身も確かめましたが、とくに変わったことはありませんでしたが」

「見させてもらいますよ」

帳場を立ったお勝は刀の前に膝を揃えると、柄《つか》の頭《かしら》から柄巻《つかまき》、鯉口《こいぐち》から鞘のこじりへと眼を走らせ、やがて刀身をゆっくりと抜いた。

刀身を立てて平地《ひらじ》や鎬《しのぎ》を見ると、鉄砲を構えるように刀身を水平にする。

柄の方から、片眼で刃先を見たお勝が、小さく首を捻《ひね》った。

「何か」

慶三が声をひそめた。

「切っ先の辺りに、細かな刃こぼれがあるね」

「え」

慶三は刀を受け取ると、お勝と同じ構えをして、刀身を見た。

「それに、平地や刃文《はもん》に、曇りが見えるんだよ」

確信の持てないお勝の声は低い。

お勝が口にした個所《かしょ》を見た慶三は、首を傾《かし》げながら刀身を鞘に納《おさ》めた。

「これをお貸ししたのは、丸山新道《まるやましんみち》のお旗本だったね」

「池本慎太郎《いけもとしんたろう》と申される、中奥小姓《なかおくこしょう》をお務《つと》めの、五百石取りのお旗本ですが」

慶三は、不安そうにお勝の顔色を窺う。

「慶三さんが心配することはないよ」

お勝は笑みを浮かべて、刀を布袋に入れて紐《ひも》で縛った。

刀身がわずかに動いた途端、射《さ》し込んでいた朝日をきらりと跳ね返した。

そんなことはお構いなしに、彦次郎《ひこじろう》は刀身に眼を凝《こ》らしている。

その傍《そば》で膝を揃えているお勝は、彦次郎の動きに注目していた。

ここは、『ごんげん長屋』で研《と》ぎ屋《や》を生業《なりわい》にしている彦次郎とおよし夫婦の家である。

昨日、『岩木屋』から持ち帰った刀への不審を彦次郎に話したお勝は、

「明朝、明るくなってから見てもらいたいのですが」

と頼み込んで、快諾《かいだく》を得ていたのである。

二日続けて降っていた雨は、昨夜のうちに止んでいた。

六《む》つ（午前六時頃）の鐘《かね》が鳴って四半刻《しはんとき》（約三十分）足らずで、『ごんげん長屋』には朝日が射した。

朝餉《あさげ》を摂《と》り終えたお勝は、後片付けを子供たちにまかせて、隣に住む彦次郎夫婦の家を六つ半（午前七時頃）に訪ねていたのだ。

朝餉で使った茶碗などを洗い終えたおよしは裏庭に出て、伸びすぎた椿《つばき》の枝を切り揃えている。年は、彦次郎よりふたつ若い五十三だと、大家の伝兵衛が口にしたことがある。

彦次郎は、『ごんげん長屋』の家を仕事場にして、包丁《ほうちょう》や鋏《はさみ》、鑿《のみ》などを研ぐのだが、以前は刀も研いでいたということを聞いた覚えがあったので、その目利《めき》きに縋《すが》ったのである。

「お勝さん、何度も拭《ふ》き取られたようだが、この刀の曇りは、人の脂《あぶら》だよ」

静かに口を開くと、

「切っ先の刃こぼれは、人の骨に当たって出来たもんでしょう」

彦次郎は、ゆっくりと刀身を鞘に納めた。

「昔、刀研ぎをしていたから気づいたが、素人目《しろうとめ》にはわかりにくい脂が、よくわかったもんだよ」

「若い時分仲良しだった女友達の家が、町の剣術道場でしてね、そこのお弟子たちが抜き放つ刀は、見慣れていましたよ」

「ほう、お勝さんはそういうお人でしたか」

彦次郎はお勝を見ると、初めて笑みを浮かべた。

「ほらね。お勝さんはただ者じゃないと、話し合ったことがあったじゃありませんか」

庭の植木鉢《うえきばち》に水をやりながら、およしがのんびりと口を挟んだ。

「とんでもない。わたしは、ただ者ですよ」

お勝の口ぶりに、彦次郎とおよしは、顔を見合わせて笑みをこぼした。

彦次郎夫婦が『ごんげん長屋』に住んだのは、お勝よりも前の、約二十年前だと聞いている。

だが、これまで家に上がり込んで話したことなど一度もなく、生国《しょうごく》がどこか、子供はいるのかということも知らない。

何も敬遠していたわけではないが、彦次郎夫婦の静かな佇《たたず》まいには、気楽に足を踏み入れてはいけないような気品が漂っていた。

「彦次郎さん、刀の目利き料は、いかほどで？」

「それじゃ、お宅のお子たちの笑い声をいただきましょうか」

そう言うと、片頬《かたほお》を動かした彦次郎は、にやりと笑った。

二

質舗『岩木屋』の大戸《おおど》はまだ下りている。

大戸を開けたり、暖簾《のれん》を掛けたりするのは、五つ（午前八時頃）の開店時刻の少し前である。

刀を入れた細長い布袋を片手に持ったお勝は、大戸の潜《くぐ》り戸《ど》を開けて、店の土間へと足を踏み入れた。

帳場に近い板壁の高いところに明かり取りがあり、大戸が閉まっていても中は暗くはない。

お勝が土間から板張りに上がり、刀の布袋を手に蔵の方へ行きかけたとき、

「戸の開く音がしたから、お勝さんに違いないと思いましたよ」

そう言いながら、母屋《おもや》の方から吉之助が現れた。

「お勝さん、お久しぶり」

続いて姿を現したのは、吉之助の妹のおもよである。隣には、吉之助の女房のおふじもいた。

「おもよさん、朝早くから何ごとですか」

「昨夜こっちに泊まったのよぉ」

「昔の仲間と顔見世芝居《かおみせしばい》を見に行って、ついでにこっちに足を延ばしたんだそうだ」

口を挟んだ吉之助は、ぞんざいな物言いをした。

吉之助とは四つ違いの妹のおもよは、神田の瀬戸物屋《せとものや》のお内儀《ないぎ》に収まってい

た。

「こっちに足を延ばしたのは、お勝さんに渡すものもあったからですよ」

おもよは、手にしていた小さな風呂敷包《ふろしきづつ》みをお勝の前に差し出した。

「何か」

お勝が訝《いぶか》ると、

「貰《もら》い物の反物《たんもの》。ほら、十五日は七五三《しちごさん》で、七つのお妙ちゃんは帯解《おびとき》でしょ。そのお祝いに着物を仕立てたらどうかと思って」

おもよは、お勝の手に風呂敷包みを持たせた。

帯解は、付け紐で着物を着ていた女の子が、七つになった十一月の七五三を機に、普通の帯を使い始めるという祝儀であった。

「うちの子供のことまで気にかけていただいて」

お勝は深々と腰を折った。

「うちの一番下の梅治《うめじ》と同い年だもの。それにほら、貰い物だしさ」

片手を打ち振ると、おもよは、土間の隅に脱いでいた草履《ぞうり》に足を通した。

「お送りします」

お勝は急ぎ土間に下りる。

「益之助《ますのすけ》さんによろしくな」

吉之助が口にしたのは、おもよの亭主の名である。

「ええ。おふじさん、お世話様でした」

「いいえ」

おふじは、いつものように長閑《のどか》な声で答える。

お勝は、潜り戸を開けると、おもよに続いて表へ出た。

「お勝さん、ここでいいのよ」

笑顔で手を振ると、おもよは、神主屋敷の敷地に沿って池之端七軒町の方へと歩き出した。

お勝は、その背に向かって、頭を下げた。


九つ半（午後一時頃）に『岩木屋』を出たお勝と慶三は、真上に昇った冬の日の光を浴びて、坂道を上っている。

根津権現社の惣門横町から、播磨国安志藩《はりまのくにあんじ》、小笠原信濃守《おがさわらしなののかみ》家下屋敷の北側に沿っている坂道である。

お勝の後ろに続く慶三は、昨日持ち帰った、刀の入った袋を胸の前で抱えている。

二人は丸山新道にあるという、五百石の旗本、池本慎太郎家に向かっていた。

大恩寺《だいおんじ》の角の丁字路《ていじろ》を左に曲がって道なりに上ると、日光御成道に出た。

そこから加賀前田《かがまえだ》家上屋敷の方に二十間《けん》（約三十六メートル）ばかり行った先に駒込追分があり、そこを右に曲がると中山道《なかせんどう》となる。

丸山新道は、追分から板橋宿の方へ五町（約五百五十メートル）ほど進んだところにあった。

そこからは慶三が先に立ち、武家地の坂道と石段を下った先の丁字路近くの門前で足を止めた。

近隣の坂道には、雨に降られて石垣《いしがき》からしみ出したものか、泥水《どろみず》が幾筋も流れ落ちている。

その泥水を跳ねるようにして、野犬が二匹、駆け抜けていった。

慶三とともに池本家の門を潜ったお勝は、小ぶりな屋敷の式台《しきだい》の前に立ち、

「ごめんくださいまし」

奥に向かって声を掛けた。

ほどなくして足音が聞こえ、五十の坂を越したくらいの侍が式台に立った。

「何用かな」

「昨日、お貸ししていた刀を引き取りに参りました根津権現門前町の質屋『岩木屋』の者でございます」

侍の問いには、慶三が返事をした。

「それがしは、当家の用人、柏木久兵衛《かしわぎきゅうべえ》。ご用の向きを伺《うかが》おう」

素っ気ない口ぶりだが、久兵衛の態度に威張《いば》った様子はない。

「昨日引き取りました刀に、いささか不審なところがありましたので、事情をお伺いに参った次第でございます」

お勝は、『岩木屋』の番頭だと名乗って、訪ねたわけを告げた。

久兵衛はほんの少し迷った末に、式台の前の履物に足を通すと、

「こちらへ」

と、建物の横手に回り、網代戸《あじろど》の木戸門を開けると、お勝と慶三を庭へと案内した。

躑躅《つつじ》や石楠花《しゃくなげ》などが植えられた小道を通った先に、十二、三畳ほどの広さの小石の敷かれた庭があった。

「ここで待たれよ」

言い置くと、久兵衛は庭の踏み石に履物を脱いで縁に上がり、廊下の奥へと去った。

小石の敷かれた庭から塀際《へいぎわ》までは小高い築山《つきやま》があり、竹や梅の木が配されている。

何千石取りの旗本家に比べたら小ぢんまりとした庭の作りだが、長屋住まいの身にすれば、やはり羨《うらや》ましい。

縁の先の建物の奥に繋《つな》がる廊下から、ふたつの影が現れた。

久兵衛と、その後ろに続く、三十は越していると思われる細身の侍だった。

「当家の主《あるじ》、池本慎太郎様じゃ」

久兵衛の声をきっかけに、慎太郎は縁に膝を揃えた。

その少し後ろに久兵衛が控える。

「昨日引き渡した刀に不審があるということだが」

「昨日伺いまして、刀を受け取りましたとき、わたしの眼には、これという不具合は見受けられなかったのですが」

腰を折って申し開きをする慶三の額《ひたい》に汗が滲《にじ》んでいた。

「不具合とは」

色白な瓜実顔《うりざねがお》の慎太郎の細い眼が、不快そうに慶三を見た。

「刀をお貸ししたとき、わたしどもとこちら様との間で取り交《か》わした書付がこれでございます」

お勝は、懐から取り出した書付を広げて縁に置き、

「その折には、刀身にも鞘にもなんら瑕疵《かし》はないと記されているのでございますが、昨日、引き取らせていただいた刀には、わずかですが刃こぼれが見られ、脂の曇りがございました」

袋から取り出した刀も縁に置いた。

「それで」

慎太郎は、低い声を出した。

「これはあとあとのことですが、研ぎ直しの代金を頂戴《ちょうだい》したいのでございます」

お勝は、深々と腰を折った。

「ごめん」

膝を進めた久兵衛は、縁に置いた刀を摑《つか》むと、刀身を引き抜いて眼を凝らす。

「大方、貸し出す際に、そちらが見逃した刃こぼれと曇りであろう」

他人事《ひとごと》のような物言いをして、慎太郎は空を向いてはぁと息を吐いた。

「お言葉ではございますが、わたしがこの眼で確かめたうえで、ここにおります手代に持たせたのでございます」

お勝の言い分を無視するように、久兵衛は、音を立てて刀身を鞘に納めた。

「殿には、何かお心当たりがおありでしょうか」

「ない。刀を抜いた覚えもないというのに、何ゆえ刃こぼれが出来、曇ると言うのか。だいたい、脂の曇りとはなんのことだ」

細い眼を吊り上げて、慎太郎が声を荒らげた。

「刀研ぎに見せましたら、人の体の脂ではないか、などと」

努めて控えめに、穏やかな声で伝えたが、慎太郎と久兵衛の顔はにわかに強張《こわば》った。

「おのれぇ、わたしが人を斬ったとでも申すのかっ」

突然大声を発した慎太郎が弾《はじ》かれたように立ち上がり、腰の脇差《わきざし》に手を掛けた。

お勝は咄嗟《とっさ》に慶三の胸に腕を伸ばし、二人して縁から一歩引き下がった。

「町人の分際で、旗本に対しなんという──無礼打ちにしてくれるっ」

「お待ちを」

前に回った久兵衛が、脇差を抜きかけた慎太郎の手を止めた。

縁に置いていた書付と刀を摑んだお勝は、

「今日のところは、これで」

慶三ともども、急ぎ庭伝いに表へと向かった。


八つ半（午後三時頃）を過ぎたばかりだというのに、根津権現社界隈《かいわい》は翳っている。

丸山新道の池本家を、逃げるように立ち去ったお勝と慶三は、惣門横町の丁字路に差しかかっていた。

丁字路の角を右に向かいかけて、お勝がふと足を止めた。

口入れ屋『桔梗屋《ききょうや》』の表で、顔見知りの主人、仙右衛門《せんえもん》が、旅装の若い娘を相手に困惑の態《てい》を見せていた。

「先に帰っておくれ」

慶三にそう言うと、お勝は仙右衛門に近づいた。

「何ごとですか」

「ちょっと困ってまして、お勝さんなんとかしてくださいよ」

仙右衛門はいきなり泣き言を口にした。

「店先じゃなんです。話は中で伺いましょう」

お勝の申し出に頷いた仙右衛門は、

「お前さんも」

旅装の娘を促《うなが》して、『桔梗屋』の中に入っていった。

一番最後に土間に足を踏み入れたお勝は、土間の上《あ》がり框《がまち》に娘と並ぶかたちで腰掛けた。

土間を上がり、板張りに膝を揃えた仙右衛門によれば、娘はお末《すえ》といい、信濃《しなの》の国《くに》から江戸に着いてすぐ『桔梗屋』を訪ねてきたのだという。

お末の兄は、一年前、『桔梗屋』で仕事の口を世話してもらったのだが、今年の春には帰るはずが、夏を過ぎても帰ってこないので、手がかりを求めて江戸に来たのだった。

「さっきもこちらには見せたのですがね」

帳場から戻ってきた仙右衛門は、お勝の傍に座り帳面を開いた。

「ほらこの通り、信濃国、貞七《さだしち》、去年の十一月七日に江戸に着いて、その日のうちに奉公先に赴《おもむ》き、ええと、今年の三月二十五日信濃へ向かう。と、ちゃんとここに書いてあるんですよ」

「けど、貞七兄ちゃんは帰ってきてねぇ」

お末は、俯《うつむ》いたまま、声を絞《しぼ》り出した。

「兄ちゃんは、稲刈りの後に江戸に？」

お勝が尋ねると、お末は小さく頷いた。

「例の、椋鳥《むくどり》ですよ」

仙右衛門は呟《つぶや》くように口にした。

稲刈りを終えた後の十一月に江戸にやってきて、翌年の三月まで働いたあと国に帰る出稼ぎの有り様が、渡り鳥の椋鳥の生態に似ていることから、〈むくどり〉と呼ばれている。

お末の兄の貞七は、同郷の百姓の口利きで、初めて江戸に来て、口入れ屋『桔梗屋』を頼ったという。

「うちは、以前から椋鳥の扱いには慣れておりましてね、信濃をはじめ、越後《えちご》や出羽《でわ》の方にも手蔓《てづる》がありまして、それらの口利きで、うちを頼りにされるお人が後を絶《た》ちません」

仙右衛門は、控えめながら自慢をした。

椋鳥の扱いに慣れている仙右衛門は、貞七には武家屋敷の仕事が合うと見て、旗本家の小者として口利きをしたという。

「三月に信濃に向かったのなら、とっくの昔に帰り着いてるはずなんですがねぇ」

仙右衛門が首を捻《ひね》ると、

「まだ帰ってきてねぇ」

お末は鋭い声を発した。

「しかしねぇ、仕事を終えてからのことまでは、わたしらが目配りはできないんだよ。江戸から帰る道中何かあったとか、わたしには帰ると言いながら、兄さんは他所《よそ》の口入れ屋を通して、別の仕事を請《う》け負ったとも考えられるからねぇ」

「貞七兄ちゃんは、人を騙《だま》すようなことはしねぇ」

お末が、仙右衛門に嚙《か》みついた。

「貞七さんという人が奉公に上がった旗本家というのは、どこなんです」

お勝が尋ねると、帳面を開いた仙右衛門が、

「丸山新道の、五百石取りの旗本、池本慎太郎様方、ですね」

即座に教えてくれた。

「仙右衛門さん、わたしは、そのお屋敷からの帰りだったんですよ」

そう口にして、お勝は小さな苦笑を洩《も》らした。

式台に現れた久兵衛は、お末と並んで立っているお勝を見て、眼を丸くした。

「そなた」

久兵衛は、戸惑ったような声を洩らした。

「先ほどの件とは別の用で伺いました」

そう言うと、国に帰らない兄を捜しに江戸に出てきたお末が、口入れ屋『桔梗屋』に現れた経緯《いきさつ》を手短に話し、

「こちらの小者として奉公していた貞七さんが、お屋敷から去った頃のことを伺えたらと思いまして、妹さんともどもこうして」

お勝が頭を下げると、お末は慌《あわ》てて倣《なら》った。

「それがしは、あいにく、台所方や下僕《げぼく》のことはわからぬ。奉公人に詳しい者がいるやもしれぬので、しばし待つがよい」

情の籠《こ》もらない物言いをして、久兵衛は奥へと去っていった。

「兄さんは、年はいくつだね」

「二十三、今年で四」

お末は、聞かれたことだけを口にした。

「他に兄弟は」

「姉ちゃんと、弟二人」

「作っているのは、米かい」

「狭い田圃《たんぼ》で米と、狭い畑で芋《いも》や大根、炭焼きもしております。それじゃ食えないから、姉ちゃんは追分の旅籠《はたご》に住み込んで、飯盛《めしも》りをしてる」

お末の言う飯盛りというのは、客に求められれば体を売る旅籠の女のことだ。

長く待つこともなく、奥から久兵衛が戻ってきた。

「中間《ちゆうげん》や陸尺《ろくしやく》などの話によれば、貞七は、三月の二十五日に屋敷を去ったようだ。その際も、口を利くようになっていた下女たちに、信濃に帰ると話していたということだ」

久兵衛の声には抑揚《よくよう》もなく、顔に感情を出すこともなかった。

「どうも、お手数をお掛けしまして」

頭を下げたお勝は、お末を促して、門の方へと向かった。

そのとき、式台近くの部屋の障子に人影が映《うつ》っていたのを、お勝の眼は捉《とら》えていた、

いた。

三

大戸を下ろした質舗『岩木屋』界隈に黄昏《たそがれ》が迫っていた。

『岩木屋』の母屋の勝手口から、勤めを終えたお勝が、慶三や弥太郎に続いて表に出た。

「それじゃ、わたしはここで」

お勝が惣門横町の方を手で指すと、

「お琴ちゃんへの言付けはご心配なく」

笑顔で手を挙げた弥太郎は、慶三と並んで鳥居横町の方へと向かっていった。

お勝は、勤めを終えたら口入れ屋『桔梗屋』に行くことになっていた。

先刻、お末を連れて、旗本、池本家を訪ねたが、兄の貞七は今年の三月に奉公を辞していたことがはっきりした。

池本家からの帰りに『桔梗屋』に立ち寄ったお勝がその旨《むね》を伝えると、主の仙右衛門はお末を不憫《ふびん》に思ったのか、近所の旅籠に泊まれるよう手配をしてやると言い出したのだ。

お勝は仙右衛門とともに、近くの旅籠にお末を連れていった。

来たついでに、江戸で二、三日、のんびりしていくがいい——仙右衛門は、宿代は心配しなくてもいいのだと言って、お末を安心させた。

「話したいことがありますから、仕事帰りにうちに寄ってもらえませんか」

旅籠の前で別れるとき、お勝は仙右衛門から、そんな申し出を受けていたのだった。

『岩木屋』から『桔梗屋』までは、角をひとつ曲がると着いてしまうほどの道のりである。

障子戸は閉め切られているが、障子紙に店の中の明かりが映っている。

「さっきはどうも」

お勝は土間に足を踏み入れると、上がり框に腰を掛けた。

「わざわざすまなかったねぇ、お勝さん」

帳場を立った仙右衛門が、お勝の近くで膝を揃えた。

「あの娘さんの前ではちと話しづらいことがあるもんですから」

「というと」

お勝は小さく眉《まゆ》をひそめた。

「冬場、江戸に出てくる椋鳥にも様々な気性がありましてね。真っ当なのもいれば、横道に逸《そ》れるのもいるんだよ」

仙右衛門は、そう切り出した。

奉公を終えると、国に帰る者がほとんどなのだが、帰っても田畑を継《つ》げない次男三男は、江戸に残りたがるというのだ。

現に、江戸に残った者を仙右衛門は何人も知っていた。

江戸にいれば、稼ぐ手立てがいくらでもあるということを知って、居残るのである。口入れ屋が身元の請け人になれば、江戸で働くことができる。

だが、居残った者の行く末は、おしなべて悲惨《ひさん》なものだと、仙右衛門はため息をついた。

「破落戸《ごろつき》に加わったり、板橋や千住《せんじゅ》辺りの博奕打《ばくちう》ちになったりした者もいましたよ。商家や武家で奉公した者の中には、勝手を知ったお屋敷に忍び込んで金品を盗んで売り飛ばす、盗みを稼業にした椋鳥もいたからさ」

仙右衛門からそんな話を聞くのは初めてのことだった。

「わたしが気になるのは、貞七が奉公していたのが武家屋敷だということなんだよ」

「お武家というのは、大名家でもお旗本でも、盗人《ぬすっと》に入られて何かを盗まれたとなると家門の恥《はじ》になります。当然そのことを隠しますから、表立って探索されるということがないんだよ」

「はい」

そのことは、お勝も知っていた。

「それをいいことに、知った武家屋敷に立て続けに入り込んで、盗みを重ねるずるさも身につける。毎年、江戸に来ていた椋鳥なら、お屋敷の三つや四つは知っているはずだから、盗みに入るのに苦労はない。いや、だからって、あの娘の兄さんがそうだと言うんじゃないんだが」

仙右衛門は慌てて手を横に振ったが、危惧《きぐ》を抱いていることに間違いはない。

「居ついてしまった椋鳥が、いつの間にか獰猛《どうもう》な鷹《たか》や鷲《わし》のようになってしまうということも、この江戸なら、不思議なことじゃありませんからねぇ」

話し終えた仙右衛門の口から、せつなげなため息が洩れ出た。

翌日も、いつも通り七つ半（午後五時頃）に仕事を終えたものの、お勝はまっすぐ『ごんげん長屋』には帰れなくなった。

八つ半頃（午後三時頃）、旗本、池本家から使いが来て、借りて疵《きず》をつけた刀は買い取ることにしたので、屋敷に持参してもらいたいとの申し出があった。

丸山新道の屋敷には、六つ（午後六時頃）に来てもらいたいという希望があり、お勝はそれに応じた。

『ごんげん長屋』のお琴たちには、夕餉の刻限には間に合わないので、先に食べるよう、湯島に帰る弥太郎に言付けを託して、『岩木屋』を出たのである。

お勝は、布袋に入れた刀を手にして、小笠原家屋敷の北辺に沿って上る坂道を駒込追分へと向かっている。

本郷《ほんごう》台地の東斜面は、日暮れ時を迎えていた。

寺や武家屋敷の常緑樹《じょうりょくじゅ》が塀越しに枝を伸ばしており、坂道は一段と暗い。

さっきまで、離れたところから聞こえていたいくつもの足音が、お勝の背後に迫っているのに気づいた。足音がしたのは、大恩寺角の丁字路を左に曲がった辺りからである。

相手の様子を見ようと、お勝は少し早足にした。

その途端駆け出す足音がして、男が二人、お勝の前に回って行く手を塞《ふさ》いだ。

色黒の男の眼は険しく、横で肩を怒らせている男は、袖《そで》を捲り上げて、腕の二筋の入れ墨《いずみ》を見せつけている。

坂下に眼をやると、相撲取《すもうと》り崩れのような大男と、鼻のひしゃげた髭面の男が薄笑いを浮かべてお勝を見ていた。

「何か用かい」

お勝は、行く手に立つ男に、平然と声を掛けた。

「金を恵んでくんねぇか」

入れ墨の男が、さらに袖を捲って、なおも入れ墨を見せつけようと凄《すご》んだ。

「あいにくだが、脅《おど》されて恵むような御《お》あしは、持ち合わせがないんだよ」

「そしたら、その刀をこっちによこせ」

色黒の男が布袋を顎《あご》で指した。

「これがどうして、刀とわかったんだい」

不審を覚えて、お勝は声を低めた。

「そんなもんに入ってるのは、大方、刀だろうよ」

「値の張る釣竿《つりざお》も、こんな袋に入れることもありますがね」

落ち着いた受け答えに焦《じ》れたのか、色黒の男は、

「いいから、こっちへよこせ！」

お勝に迫りながら手を伸ばした。

ドスッ――片足を一歩後ろに引いたお勝が、手を伸ばした男の腹に布袋の先端を突き入れた。

「てめぇ」

入れ墨の男が、腹を押さえてよろけた色黒の男を見て、いきなり懐の匕首《あいくち》を引き抜いた。

「刀は、女を殺《や》ってから取ればいいさ」

髭面の男も匕首を抜いて、上唇《うわくちびる》をべろりと舌で舐《な》めた。

大男が脇差を抜くのを見たお勝は、急ぎ袋の紐を解いて、中の刀を抜いて構えた。

「やい、人斬り包丁は、菜《な》っ葉《ぱ》を切るようなわけにはいかねぇんだぜ」

色黒の男も匕首を抜いて、薄笑いを見せた。

「振り下ろしてみな、てめぇの足を斬るのが関の山だ」

入れ墨男は、見下す物言いをした。

「菜切り包丁の扱いには自信があるが、こんな長い人斬り包丁の扱いはあいにくの不慣れだから、間違って怪我《けが》をさせたらごめんなさいよ」

お勝は少し腰を落とすと、片手で摑んだ刀を八双《はっそう》に構えた。

「やっちまえ」

色黒の男の声を合図に、前後にいた四人が、お勝に向けて一斉に刃物を振り上げた。

脇差を突き出した大男の腕が伸び切ったのを見たお勝は、瞬時に峰《みね》に返して大男の右腕を叩く。

すぐに腰を落とすと、坂上から迫った入れ墨の男の脛《すね》を叩いて倒し、迫った色黒の男の匕首は、体《たい》を躱《かわ》して避けた。

「殺してやる」

髭面の男の眼は狂気を帯《お》びて、坂下からお勝に向けて突っ込んでくる。

落ち着いて間合いを測ったお勝は上段に構え、近くまで引きつけておいて、髭面の男の肩に刀の峰を振り下ろした。

髭面の男はその場で膝を突き、腹から倒れた。

「この刀、まだ欲しいかね」

お勝が切っ先を向けると、色黒の男の顔に怯《おび》えがあるのが見て取れた。

刀を鞘に納め、布袋を紐で縛ると、

「怪我人は、動ける者が肩を貸して行くんだね」

お勝はそう言い置いて踵《きびす》を返し、坂道を上がっていく。

背後に迫る足音はなく、男たちのうめき声が微《かす》かに届いた。


本郷の台地の東斜面に比べると、西側一帯には明るみがあった。

日が沈んで四半刻ほど経っているが、夜の暗さはない。

布袋に入った刀を手にしたお勝は、池本家の式台で待たされていた。

先刻、応対に出た若い郎党に名を名乗り、刀を届けに来た旨を伝えたばかりである。

どど、と、大股で廊下を踏む足音がして、池本慎太郎が姿を見せた。

その後ろに、久兵衛も立った。

慎太郎は何か言おうと口を動かしたが、言葉は出ず、久兵衛は表情ひとつ変えず押し黙っている。

「これが、お買い上げくださるという、先日の刀ですが」

お勝は、慎太郎の前に布袋を差し出した。

「使いを出した後、考え直し、やはり刀を引き取るのはやめにしたい」

慎太郎の声は少し震えている。

「それは、こちらも助かります」

お勝の返答に、慎太郎は戸惑いを見せた。

「こちらに参ります途中、金品をせびるならず者たちに囲まれましたので、仕方なくこの刀を抜いてしまいまして」

「斬ったのか」

久兵衛は、抑揚のない声で尋ねた。

「峰で叩いただけですが、疵がついていたら売り物にはなりませんので、このまま持ち帰らせていただきます」

「その方、刀を扱えるのか」

久兵衛はさらに問いかけた。

「毎日台所仕事をしていれば、刃物を使うのにも慣れるものでして」

笑みを浮かべたお勝は、冗談めかして答え、

「では」

と、辞儀をした。

そのとき、建物の裏手の方から、ヒイーッという女の悲鳴がした。

「静女《しずめ》」

驚いた慎太郎が呟きを洩らすと、足袋のまま式台を下り、網代戸の木戸門を乱暴に開けて庭へと駆け込んだ。

その後ろには、久兵衛が、急ぎ足袋のままで続いた。

気になったお勝は、二人に続いて、先日通された庭の方へと足を向けた。

「静女、何をしているっ」

鋭い声を上げた慎太郎が、小石の敷き詰められた庭で立ち止まると、

「奥方様」

久兵衛は、薄暗い縁に立つ女に声を掛けた。

暗がりでは白にも見える白緑《びゃくろく》の着物を纏《まと》った二十代半ばの奥方が、築山の方を人差し指で指し示したまま、蒼白《そうはく》の顔を強張らせている。

慎太郎に続き、久兵衛もお勝も、築山に眼を向けた。

「あれは」

言葉がお勝の口を衝いて出た。

先日降り続いた雨に削られた辺りを、獰猛そうな一匹の野犬が、激しく前足を

動かして土を掘り起こしている。

次の瞬間、犬が、埋まっていた白い棒状のものを口に咥《くわ》えた。

「おのれっ」

咄嗟に脇差を抜いた慎太郎は築山に駆け上がり、野犬に向かって脇差を振り下ろした。

だが、素早さに敵《かな》うはずもなく、竹や梅の木の間を逃げる野犬を狂ったように追いかけ回した末に、慎太郎は足を滑らせて築山の斜面に腹から倒れた。

犬は、小石の敷き詰められた庭を通り過ぎ、お勝の近くを走り抜けようとした。

そのとき、久兵衛が素早く抜いた脇差が一閃《いっせん》した。

キャン、と短い声を上げて、犬は庭の小石の上に横倒しとなった。

同時に、犬が咥えていた白いものも転がった。

白蠟《はくろう》のようになっていた、肘《ひじ》から下の男の腕である。

ゴトリ――膝を折って縁にくずおれた静女と呼ばれた奥方は、四《よ》つん這《ば》いになって縁を進み、奥の障子を開けて、黒々とした部屋の中に消えた。

泥だらけの慎太郎は、男の腕が出た辺りに座り込むと両手で泥を掬《すく》い、犬が掘り返した穴を懸命に埋め続けた。

しかし、泥を掬えば掬うほど、土中から、硬直した足先や頭の一部が現れ出た。

「殿」

近づいた久兵衛が、泥を掬おうとする慎太郎の腕を摑んで止めた。

「庭の始末はそれがしにおまかせください。殿は、泥を落としてお着替えを」

穏やかな声を掛けられた慎太郎は、久兵衛に支えられて立ち上がると一人で築山を下りて、お勝の前をうつろな面持《おもも》ちで通り過ぎ、建物の奥へと庭伝いに歩き去った。

「その方には、殿から話があると思うが、なんとする」

「待たせていただきます」

お勝は、ゆっくりと頭を下げた。

行灯《あんどん》の明かりが映る障子の外は、すっかり暮れていた。

庭の縁側の八畳の部屋に招き入れられたお勝は、四半刻ほど待っている。

その間、式台で顔を合わせた若い郎党が現れて、娘のような白い手で湯呑《ゆのみ》を持ち、お勝の前に置いてくれた。

その後、一旦部屋を出た郎党は、火の点《つ》いた炭を火桶《ひおけ》で運び、火鉢に置くと、五徳《ごとく》に鉄瓶《てつびん》を載せてから、辞儀をして部屋を出た。

その鉄瓶が、先ほどから、ちんちんと湯音を立てている。

近づいてきた足音が縁で止まり、障子が開かれた。

縁には慎太郎と久兵衛が立っていたが、

「呼ぶまで、誰も近づけるでない」

慎太郎はそう口にして、一人、部屋の中に入った。

「では」

縁に残った久兵衛が、障子を閉めた。

やがて、足音が立ち去っていった。

お勝の向かいに膝を揃えた慎太郎は、湯水を浴びたのだろう、ついていた泥は綺麗に洗い流されており、藍色《あいいろ》の袷《あわせ》を着込んでいた。

庭の方から、微かに風の音がしている。

「小者として雇い入れた貞七は、三月の末近くにこの屋敷を去ったのだ」

観念したのか、慎太郎の声には落ち着きがあった。

さらに、

「それからひと月ばかりが過ぎた頃から、屋敷内で、金品の紛失《ふんしつ》が立て続けに起きた」

慎太郎からそんな話が飛び出すと、お勝の方が落ち着きを失った。

屋敷から盗まれたのは、初手は金子《きんす》だけだったが、次からは、奥向きの女中の櫛《くし》や笄《こうがい》、さらには茶器や花器にまで被害が及ぶようになった。

「先月の二十六日、質舗『岩木屋』から損料貸しの刀を借りたのは、わたしの刀が盗まれたからなのだ」

そのことを口にした慎太郎は、お勝の前で初めて悩ましげに顔をしかめた。

知人の婚礼を翌日に控えていた慎太郎は、損料貸しの刀を差してその場を凌《しの》ごうとしたのだという。

婚礼や葬儀など、公《おおやけ》の場に赴くとき、武士は丸腰で出掛けるわけにいかないことは、武家屋敷に奉公したことのあるお勝は、よく承知している。

「婚礼が終わって屋敷に戻ったのは、四つ半（午後十一時頃）をいくらか過ぎた時分であった。家の中に明かりはなく、しんと静まり返っていた。閉め切られた雨戸の隙間《すきま》から射し込んでいた月明かりを頼りに布団の敷かれた寝間に入り、明かりを点け、寝巻に着替えた。ごろりと横になった途端、酒を飲んでいたせいか、とろとろと眠気に襲われた。しかし、このまま寝てはならぬ、行灯の火を消してからと言い聞かせていたが、つい、眠ってしまった」

そこまで話した慎太郎は、ふうと小さく息を継ぐと、また口を開いた。

「目覚めたが、行灯の明かりは変わらず灯《とも》っていたから、眠ってしまったのは、おそらくほんの寸刻だった。行灯の火を消そうと腰を浮かせたとき、どこからか微かな物音と、くぐもったような女の声が聞こえたのだ。刀を手に縁に出ると、その声は妻の寝間の方からしていた。どうした、そう声を掛けると同時に障子を開けると、箱行灯の薄暗い明かりの中、妻の白い体が、裸の男に組み敷かれていた」

慎太郎は声を詰まらせた。

思わず、お勝も息を呑んだ。

「わたしは、その場を動けなかった。妻の顔が、心の底から悦《よろこ》びに浸《ひた》っていたのだ。わたしに気づいた妻は、男を押しのけて畳に転がした。振り向いた男は、この春まで奉公していた貞七だった。だが、奴は悪びれもせず、わたしを見てにやりと笑うと、着物を摑んで堂々と寝間を出た。わたしは総毛《そうけ》立《だ》つような怒りを覚えて後を追い、背後から袈裟懸《けさが》けに斬ったのだ。雨戸を押し倒して庭に転げ落ちた貞七は、月明かりを浴びたまま、息絶えた」

話し終えた慎太郎は、大きく息を吐いた。

お勝は何も言えず、膝の上に置いた手に眼を落としていた。

四

池本家の八畳の部屋に、竹の葉擦《はず》れの音がさらさらと微かに届いている。

庭の築山に植えられた竹が、風に揺れているのだろう。

貞七殺しの顚末《てんまつ》を聞いたお勝は、その後、声も出なかった。

向かいに座っている慎太郎も、話した後は黙り込んでいる。

鉄瓶の湯の鳴る音に交《ま》じって、襖《ふすま》の向こう側の隣室から、微かな嗚咽《おえつ》が聞こえた。

慎太郎がお勝に何を話すのか、妻女《さいじょ》、静女が、隣室で息を詰めて様子を窺っていたに違いあるまい。

二人はほんの寸刻黙り込んだが、

「貞七を斬った後、妻が打ち明けたよ」

先に切り出したのは慎太郎だった。

「今年の夏、五月になったばかりの夜更《よふ》け、自室の手文庫《てぶんこ》の中の金子を盗もうとした貞七と、ばったり出くわしたというのだ。あまりのことに、妻は声も出なかったようだ。すると貞七め、妻を抑《おさ》え込んで弄《もてあそ》んだのだ」

また、隣室からくぐもった声がした。

慎太郎は、構わず話を続ける。

「それに味を占《し》めたのか、同じ月にもう一度、その後は月に二度は屋敷に忍び入り、金品を盗んだついでに、ことごとく、妻を玩具《おもちゃ》にするということを繰り返したのだっ」

最後は吐き捨てて、唇を噛んだ。

そして、

「武家の妻が、屋敷の奉公人に辱《はずかし》めを受けたなら、何ゆえ自害しなかったのか、わたしは妻を責めた。何ゆえ、盗人の言うがままに玩具にされ続けたのか――すると、いつの頃からか、貞七が忍び込むのを心待ちにしていたなどと、待ちわびていたなどと、わたしの前でぬけぬけと」

慎太郎の言葉を断《た》ち切るように、隣室の襖が勢いよく開けられた。

開いた襖の向こうには、背筋を伸ばした静女が正座をしていた。

「わたしは、ただただ寂しかったのです」

静女は、涙に濡れた顔を慎太郎に向けて、鋭く言い放った。

「あなた様は、何ゆえわたしを娶《めと》られたのですか。どうしてあのとき、縁談を承知なさったのですか。女子《おなご》は不要とあのとき断ってくださっていれば、他所へ嫁《とつ》ぐ道もあり、女子としての悦びも味わえたに違いないのです」

慎太郎を睨《にら》みつけた静女の顔は、悔《く》やみと哀しみに歪《ゆが》んでいる。

「すまぬ。どうしようもないのだ。女子には、どうあっても、ときめかぬ」

掠《かす》れた声を出した慎太郎は、苦しげに眼を伏せた。

あぁ――お勝は、胸の内で声を上げた。

静女が、襖をぴしりと閉めた。

そしてすぐに、隣室から、せつなげな嗚咽が聞こえ始めた。

お勝が『ごんげん長屋』に帰り着いたのは、五つ（午後八時頃）を過ぎた時分だった。明かりの灯る家もあれば、暗い家もある。

霊岸島で四斗樽《しとだる》を担《かつ》いだり転がしたりするのが仕事の国松の家は、朝が早いので、この刻限には明かりを消して眠りに就《つ》くのが常である。

独り者の貸本屋、与之吉や左官の庄次、十八五文《とおはちごもん》の鶴太郎の家に明かりがないのは、仕事の帰りに、飲み屋か、どこかの娼家《しょうか》に立ち寄っているからかもしれない。

お勝の家には、明かりが灯っていた。

戸口に立って、そっと戸を開けると、

「お帰り」

行灯の近くで縫い物をしていたお琴が顔を向けた。

すると、敷いてあった布団に腹這《はらば》っていた幸助とお妙が、首をもたげて、お帰りと声を合わせた。

「夕餉は済ませたの」

「それが、用事が長引いて、食べる間がなくなってしまったんだよ」

土間を上がったお勝は、尋ねたお琴に用事の内容は言わず、刀の入った布袋を部屋の隅に置いた。

「食べるもの、何か残ってるかい」

見回すと、洗われた飯櫃《めしびつ》が流しの棚に伏せられているのが、お勝の眼に飛び込んだ。

「それがね、おっ母さんはどうせ帰りに食べてくるからって、取っておいた分を幸助が食べてしまって」

「勘弁しておくれよ」

幸助が、頭を下げた。

「食べ盛りってことだ。仕方ないか」

お勝は、苦笑を洩らした。

「夜中お腹が空《す》いて眠れなくなるかもしれないから、表の『つつ井』で何か食べてきたらどうなの」

お琴が気遣ってくれた。

「そうしようかね」

「あそこなら、おっ母さんの好きなお酒も飲めるし」

お琴が、一丁前《いっちょうまえ》の口を利いた。

「ありがとうよ」

笑みを浮かべて立ち上がると、

「おっ母さん、ほんと？」

お妙が、思いつめたような顔でお勝を見上げた。

「何がだい」

「お琴姉ちゃんが縫ってる着物は、あたしのものだっていうこと」

「お前、お妙に言ったのかい」

「ううん。お妙には黙ってなさいって、幸助にはきつく言っておいたのに、喋《しゃべ》ってしまったのよ」

「幸助っ」

お勝の声に、幸助は布団に正座して、怯えたように項垂《うなだ》れた。

「どうして、わたしの着物なの？　お琴姉ちゃんや幸ちゃんにはないの？」

お妙は、今にも泣き出しそうな面持ちでお勝を見上げた。

「ないの」

お琴が、素っ気ない返事をした。

「どうして、わたしだけなの？」

お妙は、自分一人だけよくしてもらうことに得心がいかぬらしく、口を尖《とが》らせる。

「そりゃ仕方ないよ。今年七つになったお妙は、十五日の七五三で、帯解のお祝いをするんだからね」

お勝が笑顔を向けると、『あ』という口の形をして、お妙は眼を丸くした。

帯解のお祝いにと、『岩木屋』の主人、吉之助の妹のおもよから反物を貰ったのだと打ち明けると、やっと得心がいったのか、お妙は相好《そうごう》を崩した。

「あの着物は、何もわたし一人が縫ってるんじゃないんだよ。おっ母さんだって、みんなが寝てから、こっそり縫うこともあるんだからね」

お琴がお勝を持ち上げた。

「おっ母さん、ありがとう」

「はいよ」

陽気に返事をして、お勝は土間の下駄《げた》に足を通した。

居酒屋『つつ井』は、『ごんげん長屋』の木戸を出て、表通りを根津権現社の方に半町（約五十五メートル）ほど行ったところにある。

お勝が、『つつ井』と記された障子戸を開けて店内に入ると、

「おや、珍しい」

空いた器《うつわ》などを片付けていたお運び女のお筆《ふで》から声が掛かった。

「夕餉を食べてないから、お筆さん、適当に頼みますよ」

「酒はいいのかい」

「熱いのを一本」

お勝は笑って、指を一本立てた。

「わかったよ」

お筆は、空いた器や徳利《とっくり》をお盆に載せると板張りを下りて、板場に運んでいった。

お運び女のお筆は、お勝が『ごんげん長屋』の住人になる以前から『つつ井』のお運び女を務めていたというから、年は四十代半ばだろう。

若い時分はお運び女として通用していたが、今では顔見知りからはお運び婆と呼ばれることもある。しかし、そんなからかいを笑い飛ばすお筆の太っ腹を、お勝は大いに買っている。

板場の煙と煮《に》炊《た》きの湯気の漂う店内は、七、八分の客で賑《にぎ》わっていた。

早々に妓楼《ぎろう》から引き揚《あ》げた者もいれば、これから乗り込もうという男どもが気《き》勢《せい》を上げている様子は、岡場所の近くではよく見受けられる光景だ。

「お待ちどおさま」

徳利を置いたお筆は、どこからか声が掛かって、慌ただしく離れた。

お勝は、猪口《ちょく》に注いだ酒をちびりと口に運んだ。

燗酒《かんざけ》が胃《い》の腑《ふ》に染み渡る。

一気に体が緩《ゆる》んでしまうような心持ちになった。

夕刻、損料貸しの刀を奪いに来た連中を相手に刀を振るい、池本家に着いてからは貞七の死を知り、慎太郎夫婦の心の闇を見てしまって、お勝は、知らず知らず疲れていたようだ。

「何か、塞ぐことでもあったのかい」

そう言いながら、近くに腰を下ろしたのは、『ごんげん長屋』の住人、藤七だった。

頼まれて文《ふみ》や品物を届ける『町小使《まちこづかい》』を生業にしている藤七は、二十年くらい前まで博徒《ばくと》だったらしいという噂《うわさ》が、一時、『ごんげん長屋』で流れたことがある。

「いつものお勝さんらしくもなく、なんだか疲れた様子だったからさ」

藤七は、自分が持ってきた徳利の酒を湯呑に注ぎながら、ちらりとお勝を見た。

「気遣っていただいて」

お勝も猪口に満たした酒を、一気に飲み干した。

「実は、気の重いことがありましてね」

「ほう」

「聞いてくれますか」

お勝は、返事を聞く前に藤七の湯呑に徳利の酒を注ぐと、兄の貞七を捜しに江戸へやってきたお末の事情を、名を伏せて切り出した。

旗本家屋敷の小者になった貞七が、奉公を辞《や》めてからも江戸に残って盗人に成り下がった末に、かつての主の刀で斬り殺された経緯を大まかに伝えた。

「人殺しが絡んでいますから、このまま放っておくというのが、どうも心持ちがよくないんですよ。かといって、旗本御家人が絡めば、町奉行所などはお調べひとつできませんからね」

「お勝さんの気が重いのは、兄さんを捜しに来た妹に、どう言おうかということでしょう。なんと言って国に帰すか、悩んでるんじゃないですかい」

「えぇ」

お勝は、大きく頷いた。

「お待ちどおさま」

お盆を抱えて板張りに上がってきたお筆が、お勝と藤七の前に料理の皿をふたつ並べ、

「これは藤七さんの分」

箸《はし》を一客分皿に置いて、足音を立てて去っていった。

物言いはぞんざいだが、お筆の気配りには感心する。

「よかったら、酒の肴《さかな》にしてくださいよ」

「お勝さん」

藤七の声に、煮物に伸ばした箸をお勝は引っ込めた。

「これはもう、三猿《さんえん》になりましょうや」

「さんえん？」

「見ざる言わざる聞かざる、だよ」

そう言うと、藤七は湯吞の酒を口に運んだ。

「ことを公にしても、そのお旗本にはおそらくなんのお咎《とが》めもありますまい。男は、盗みの罪と、武家の女房を寝取った罪で、元の奉公先の主人の手によって成敗されたということで、幕は下ろされます」

「それでいいのかねぇ」

「江戸での兄さんの悪事を知り、そのうえ斬り殺されたと知るより、何も知らずに帰った方が、国の親兄弟のためにも、いいのかもしれないよ」

藤七は、ゆっくりと諭《さと》すように投げかけた。

そうするより仕方ないか――心の中で呟いて、お勝は徳利の酒を注いだ。

藤七の言葉には、世間の裏表を潜り抜けてきたような重みが感じられた。

かつて、世間の裏側で生きた博徒だったというのが本当かどうか、ふと、聞いてみたくなったが、思いとどまった。

五

大戸を開けてから半刻（約一時間）が経ち、質舗『岩木屋』の帳場はようやく暖かくなっていた。

このところ、朝晩の寒さはますます厳しくなっている。

朝日が昇ってからも、仕事に向かう人々の口から白い息が噴き出すのも、もはや珍しくはない。

お勝が貞七の死を知った日から、三日が経っていた。

「今日は、損料貸しのお届けはなかったんだね」

帳場に座ったお勝は、見ていた帳面から顔を上げた。

「さようで。昼前に一人、八つ時分（午後二時頃）に一人、向こうから出向いてくることになってます」

火鉢の傍で紙縒りを縒っていた慶三が、手を止めることなく答えた。

火鉢には鉄瓶が掛かっていて、蓋《ふた》の穴から、ゆらゆらと湯気が立ち上っている。

表の戸の開く音がして、袴《はかま》の侍が、菅笠《すげがさ》を取りながら中に入ってくるのが眼に入った。

「番頭さん」

慶三が、掠れた声を出した。

笠を取った侍の顔は、紛《まぎ》れもなく柏木久兵衛だった。

「朝から、何ごとでございましょう」

お勝は、帳場から急ぎ土間の近くに動いて膝を揃えた。

「場所を変えて、ちと話をしたいのだが」

久兵衛の声音《こわね》は穏やかだった。

「慶三さん、わたしは外に出ると、旦那さんにそう言っておいてくれないかね」

「はい」

返事をした慶三の顔に、戸惑いがあった。

「大した間を取らせることはない」

慶三の不安を見抜いたものか、久兵衛は誰にともなく呟いた。

「それじゃ、根津権現にでも」

土間に置いてあった下駄に足を通したお勝は、久兵衛の先に立って表へと出た。


紅葉《もみじ》の見頃は過ぎて、根津権現社に人影はまばらである。

惣門横町から境内《けいだい》に入ったお勝は、楼門《ろうもん》を潜り、西門を過ぎた先の池の畔《ほとり》に久兵衛を案内した。

「殿は、静女様を離縁なされた」

池の畔に足を止めるとすぐ、久兵衛が口を開いた。

「夫婦になられて五年、今日まで子を生《な》し得なかったことがそのわけだが、静女様のご実家も、それには納得されたよ」

　久兵衛の話に口を差し挟むことなどできず、お勝はただ黙って聞いた。

「先日、当家の庭から人骨が出た」

　久兵衛が、途端に話題を変えた。

「その人骨が誰なのか、いつ埋められて、何ゆえ庭から出たものか、屋敷の者は誰も心当たりがない。だが、骨になって人目に触れたからには、無下《むげ》にはできぬ。それゆえ殿は、寺の僧を招いて弔《とむら》いをいたすこととなった」

「弔いを」

　お勝は、久兵衛の横顔を見た。

「このことをもって、当家で見聞きしたことはすべて、その方一人の胸に収めてもらいたい」

　そう言うと、久兵衛は懐から取り出した紙包みを差し出した。

　包みの形から、小判が包まれているようである。

「これは」

「一両ある」

「口止め料なら無用ですよ」

　お勝は、小さく笑って突き返した。

「兄を捜しに江戸に来た娘は、立ち帰ったのか」

「いえ。まだこっちにいると思いますが、近々、帰るものと」

「その方の手から、路銀《ろぎん》にと渡してくれぬか」

「なるほど。それは承《うけたまわ》りましたが、ひとつお聞かせ願います」

その申し出に返事はなかったが、久兵衛は、体を回してお勝へ向いた。

その姿勢は、申し出を承知したということだろう。

「柏木様は、慎太郎様の所業をご存じだったのでしょうか。それと、刃こぼれを起こした刀を持ってくるようわたしを呼び出して、その刀を奪い取るために、ならず者たちを待ち伏せさせたことも、あなた様は、ご承知のうえだったのでございましょうか」

お勝は、久兵衛の顔をじっと見つめる。

だが、久兵衛の顔には、なんの変化もない。

お勝の視線をじっと受け止めていた久兵衛は、

「それがしは、慎太郎様のお父上の代から仕《つか》えている身の上でな」

掠れた声を出した。

その掠れた声に、お勝は、久兵衛の苦しみを感じ取っていた。

「この路銀は、わたしがちゃんと、妹さんに手渡しますよ」

ゆっくりと腰を折った。

踵を返した久兵衛の足が楼門の方に向かうのを、お勝は、顔を伏せたまま見送った。


根津権現社を出たお勝が、惣門横町から丁字路へと向かうと、口入れ屋『桔梗屋』から出てくる仙右衛門と、旅装のお末が眼に飛び込んだ。

「お末さん、その装《な》りは」

お勝の声に、二人は足を止めた。

「いやぁお勝さん、妹さんが、いつまでも江戸にいるわけにはいかないから、今日これから、信濃に戻ると言うんだよ。その前に、世話になったあんたにも礼をしたいと言うから、『岩木屋』さんに行こうとしたところだった」

仙右衛門の言葉が終わると、お末はお勝に向かって大きく頷いた。

「仙右衛門さん、貞七さんの信濃の生まれ在所《ざいしょ》は、帳面に控えてあるんでしょう」

「あぁ、あるよ」

「ほら、この先、もし兄さんが仕事を探しに現れたら、仙右衛門さんがお末さんのところに、知らせてくれるはずだから。ね」

「もちろん知らせるし、兄さんが現れたら、妹さんが捜しに来たことをちゃんと伝えるよ」

何も知らない仙右衛門は、うんうんと頷いた。

「そうだ。わたし、駒込追分の方に用があったから、見送りがてら、そこまで一緒に行くよ」

「はい」

お末は、お勝の申し出に満面に笑みを浮かべて返事をした。

お勝がお末を池本家へと連れていったのは、四日前のことだった。

そのとき歩いた同じ道を、二人は辿《たど》っている。

水戸《みと》中納言《ちゅうなごん》家中屋敷前にある駒込追分に立つと、

「お勝さん、もうここで」

お末が足を止めた。

「ううん、もう少し向こうまで」

笑って首を横に振ると、お勝は日光御成道を渡って、中山道へと向かった。

歩《ほ》を進めるお勝の横に、お末が並んだ。

二人は、黙々と歩く。

「兄ちゃんが奉公していたのは、この近くでしたね」

お末が、丸山新道で足を止めた。

「この坂道を下った先だよ」

お勝は、坂下へ延びる道を指し示した。

「そうだ」

お勝は、さも思い出したかのように、懐から一両の紙包みを取り出し、

「これを妹さんに渡してくれと、以前、兄さんが奉公していたお屋敷の人から預かっていたんだよ」

お末の掌《てのひら》に握らせた。

「わざわざ兄さんを捜しに来たのは感心だって、一両の路銀をくだすったんだよ」

「一両もですか」

そう口にして、お末は息を呑んだ。

「道中、困ったことがあったら、遠慮なく使うといいよ。疲れたら、駕籠《かご》や馬に乗るといい。残ったら、家で待ってる親に渡すのもいいさ」

「ありがとうございます」

お末が頭を下げたとき、お勝の鼻先で微かに香《こう》が匂った。

近くには蓮華寺《れんげじ》という大寺《だいじ》もあり、香が漂っても不思議ではない。

もしかしたら、貞七の霊を弔う、坂下の池本家から流れてきた線香の匂いなのかもしれない。

どこかの寺から、声明《しようみよう》も聞こえる。

お勝が手を合わせると、お末もそれに倣った。

「生まれは、信濃のどこだい」

手を下ろして、お勝が尋ねた。

「佐久郡《さくぐん》の沓掛《くつかけ》です」

お末は小さく笑みを見せた。

「もう、寒いだろうね」

「はい。雪になってるかもしれません」

「笠を着けなさい」

お勝が促すと、お末は背中に負っていた饅頭笠《まんじゅうがさ》を被った。

「気をつけてお行き」

「ありがとうございました」

深々と頭を下げたお末は、板橋の方へと歩み出した。

お末の姿が見えなくなるまで、お勝は中山道の道端に立ち尽くした。

第四話　子は宝

一

十一月は霜月《しもつき》とも言われるが、雪待月《ゆきまちづき》との呼称もある。

そろそろ『雪見』の話題が人の口の端《は》に上る時節である。

浅草の待乳山《まつちやま》や、雪見寺《ゆきみでら》とも称される日暮里の浄光寺《じょうこうじ》、道灌山《どうかんやま》と、雪見の名所は、江戸の各所にあった。

「わたしはなんと言っても、大川を遡《さかのぼ》った先の、木母寺《もくぼじ》の雪景色が一番だと思うね」

質舗『岩木屋』の主人、吉之助はそう言って、両掌《りようて》に包んだ湯呑《ゆのみ》を口に運んだ。

「大川からと言いますと、そりゃ、船から眺《なが》めるんでやすか」

蔵番の茂平が、好奇心を露《あら》わにした。

「雪が降る時分になると、大川端《おおかわばた》の船宿《ふなやど》からは雪見の船も出るんだよ。だが、この五、六年、そんな風流ごとから遠ざかってしまったよ」

苦笑を浮かべた吉之助は、湯呑を包んだ掌《てのひら》を膝《ひざ》の上に置いた。

「番頭さんも要助さんも、芋《いも》はもういいのかい」

『岩木屋』の台所女中のお民《たみ》が、蒸《ふ》かし芋を載せた皿をお勝と要助の方に押しやった。

「ありがとう。ふたつもいただいたよ、お民さん」

お勝は、五十に近いお民に笑いかけた。

『岩木屋』では、仕事が一段落した午後、母屋《おもや》の台所の板張りで、奉公人たちに茶菓《さか》が振る舞われることがある。菓子だけではなく、夏には西瓜《すいか》や瓜《うり》、冬にはこうして唐芋《とうのいも》も出る。

店を空にすることはできないから、奉公人たちは手の空いた者から、交代で台所に赴《おもむ》くことになっている。

「お嬢さん、お帰りなさい」

お民が、店の方から現れた吉之助の娘、お美津《みつ》に声を掛けると、

「お帰りなさい」

お勝ら奉公人たちも、口々に声を掛けた。

「今日はなんの稽古事《けいこごと》だったんです」

「踊りよ」

要助に返事をしたお美津は、

「それよりお勝さん、お琴ちゃんが外から店の中を覗《のぞ》いていたから、こっちに回るように言っといたわよ」

そう言うと、吉之助の横に腰を下ろした。

「こんにちは」

台所の土間から庭に通じる戸が開いて、お琴がそっと顔を突き入れた。

「お琴ちゃん、遠慮なんかしないで、お入りよ」

お美津の声に応じて、お琴は土間に足を踏み入れた。

「何ごとさ」

お勝の代わりに、お民が問いかけた。

「あのね、幸助が、瑞松院の手跡指南所《しゅせきしなんじょ》で殴り合いの喧嘩《けんか》をして帰ってきたのよ」

お琴の報告に、吉之助も茂平も、ほほほうと笑い声を上げた。

子供同士の喧嘩は、お勝にも珍しいことではない。

「喧嘩の相手は誰だい」

お勝は、笑みを浮かべて尋ねた。

「幸助は何も言わないけど、一緒に帰ってきたお妙が言うには、根津権現門前町の『枡見屋《ますみや》』の駒太郎《こまたろう》だって」

「あぁ、お時《とき》さんの倅《せがれ》だ」

お勝が口にしたお時というのは、妓楼《ぎろう》『枡見屋』の女将《おかみ》の名である。

「お妙は、二人とも顔を腫《は》らしたり鼻血を出したりしたのを見たって」

そう言って、お琴は顔を曇らせた。

「相手にも怪我《けが》をさせたとなるとちと気になりますから、見舞いがてら、向こう様の様子を見てきたいんですが」

お勝が頭を下げると、

「あぁ、帳場にはわたしが座るよ」

吉之助が請《う》け合ってくれた。

質舗『岩木屋』にやってきたお琴とともに、一旦『ごんげん長屋』に戻ったお勝は、幸助を伴《ともな》って家を出た。

何がもとで喧嘩になったかはともかく、駒太郎の怪我の具合を見なければならないし、『枡見屋』の女将に会って、詫《わ》びも入れなければならない。

『枡見屋』とは以前から、布団などの損料《そんりょう》貸《が》しをしているが、変なことでこじれるのは困るし、同じ町内で商売をする者同士、挨拶はしておくべきだった。

「それで、駒太郎とは何があったんだい」

お勝は、道々聞いたが、幸助は頑《がん》として口を開かない。

根津宮永町との間を流れる水路に沿って歩くお勝と幸助は、鳥居横町で右へ曲がった。

その通りは、根津権現社へと通じる表通りである。

四軒目の角から細い道を左へ曲がった先に、『枡見屋』の横手の勝手口があった。

「女将さんはおいでかね」

勝手口の腰高障子《こしだかしょうじ》を開けたお勝は中に顔を突っ込み、台所で立ち働く女中に名を告げて、子供の喧嘩のことで来たと伝える。

「少しお待ちを」

若い女中は、土間を上がって帳場の方に足早に行った。

大して待つほどのこともなく、女将のお時が、十《とお》になる駒太郎を伴って台所の中から出てきた。

「これはお勝さん、お久しぶり」

お勝より三つ四つ年上のお時は愛想《あいそ》のいい笑顔を浮かべたが、唇《くちびる》や目元を腫らした幸助と駒太郎は、眼を合わせようともしない。

「手跡指南所で喧嘩して、怪我までさせたと聞いたもんだから、お詫びに伺《うかが》ったんですよ」

「そんなことぉ」

お時は、大きく右手を打ち振って、

「そちらだって目元を腫らしてるし、お互い様ですよ」

「だけど、どうして喧嘩になったのか、うちの子、言おうとしないもんですから」

そう口にして顔を向けると、幸助はお勝から眼を逸《そ》らした。

「駒太郎」

お時に声を掛けられた駒太郎は、びくりと顔を伏せて、何も言おうとしない。

「子供の喧嘩だもの、どうせ大したことなんかないに決まってますよ、お勝さん」

「まぁ、そうでしょうけどねぇ」

そんなやりとりをよそに、口を尖《とが》らせた幸助は、小道の向かい側にある小さな稲荷《いなり》の鳥居に寄っかかり、駒太郎は、勝手口の脇に置かれた酒樽《さかだる》に腰掛けた。

「台所の若い女中さん、いつから」

「半年前。先にいたお元《もと》は、とうとう寝込んだんですよ」

「いい年だったから」

「五十八。それより、『三嶋屋《みしまや》』の下足番《げそくばん》をしてた礼三郎《れいざぶろう》さんは知っておいでだろう」

「七軒町の料理屋の」

「ふた月前、茅町《かやちょう》の無縁坂《むえんざか》で、首吊って死んだんだよ」

「いい年だったんじゃありませんか」

「七十九。何もその年で首を括《くく》らなくても、黙ってても、ほどなく往生《おうじょう》できるっていうのにねぇ。わけがわからないよ」

両手を左右の袂《たもと》に突っ込むと、お時は顔をしかめて首を捻《ひね》った。

「『田原屋《たわらや》』です」

男の声が小道に響き渡った。

店の半纏《はんてん》を着た男が、酒樽をふたつ載せた荷車を曳《ひ》いてきた。

「それじゃ、わたしは」

「お勝さん、わざわざすまなかったね」

「いいえ」

頭を下げたお勝は、さっさと先に立った幸助の後ろに続いた。

質舗『岩木屋』の帳場の行灯《あんどん》に明かりが点《つ》いた。

「ありがとうよ」

帳場で帳面付けをしていたお勝が、灯《とも》してくれた慶三に声を掛けた。

日没が近づき、表の通りはかなり翳《かげ》っている。

戸の障子紙には、すでに明るみは失《う》せていた。

妓楼の『枡見屋』からの帰り、表通りで幸助と別れたお勝は、『岩木屋』に戻っていたのである。

「そろそろ店じまいの刻限ですよ」

奥から現れた吉之助が、間延びしたような声を出した。

「すぐ終わりますので」

お勝が、帳面を見たまま返事をすると、

「おいでなさい」

慶三の声がした。

顔を上げたお勝の眼に、恐る恐る中を覗く沢木栄五郎の顔が飛び込んだ。

「うちの子がお世話になってる、手跡指南所のお師匠様でして」

お勝がそう言うと、

「ささ、中へどうぞ」

吉之助に促《うなが》されて、栄五郎は土間に入り込んだ。

「沢木さん、もしかして、質入れのご用でしょうか」

お勝は、つい声をひそめた。

「いえいえ。実は今日、瑞松院で、幸助と駒太郎が喧嘩をしまして」

「あぁ、そのことはとっくに聞いてまして、さっき、駒太郎のおっ母さんには詫びを入れたばかりでして」

「それならいいのです」

栄五郎は、安堵《あんど》したようにふうと息を吐いた。

「先生、お掛けなさいまし」

「これはどうも」

栄五郎は、勧めた吉之助に会釈《えしゃく》をして、框《かまち》に腰を掛けた。

「ですが先生、何があって喧嘩になったんでしょうかねぇ。幸助も駒太郎も、わけを言わないもんですから」

帳場を離れたお勝は、栄五郎の近くで膝を揃《そろ》えて苦笑いを浮かべた。

「わたしはそのとき、他の子供の書に朱《しゅ》を入れていたもので、気づいたときには取っ組み合いになってたんです。でも、今になって思うと、原因はおそらく、成績のことではないかと思われます。今まで、読み書きにしても、駒太郎の方が上位だったのですが、このところ、幸助が力をつけまして、駒太郎より上位になることが何度かあったのですよ」

「子供らしくていいじゃありませんか」

吉之助は愉快そうにそう言うと、さらに、

「成績のことで争うということは、勉学の志《こころざし》が高いということですから、頼もしいかぎりですよ、お勝さん。ね、先生、そうは思われませんか」

「はぁ」

栄五郎は、吉之助の突然の問いかけに、戸惑いを見せた。

夜の帳《とばり》に包まれた『ごんげん長屋』は静かだった。

行灯の明かりが広がるお勝の家で、夕餉《ゆうげ》の膳《ぜん》に着いた母子四人も、静かに箸《はし》を動かしていた。

一家の長であるお勝が、幸助が引き起こした喧嘩騒ぎについて、これまで一言も触れないのが、かえって子供たちには不気味なのかもしれない。

駒太郎とその母のお時には詫びに行ったことだし、お勝は幸助を叱《しか》るつもりは、もはやなかった。

「幸ちゃん、どうして喧嘩したのか、言わないの」

沈黙を破って、お琴が世間話でもするかのように、さらりと口にした。

「それはもういいじゃないか」

「それは駄目よ、おっ母さん」

口ぶりは穏やかだが、けじめをつけたがるお琴の気性が窺《うかが》える。

「わたしね、喧嘩がよくないとは思ってないんだよ。していいのよ。だけど、喧嘩をするならするで、どうしようもないわけがあるはずなのよ。そんなものがなくて喧嘩したのなら、それはただの、ならず者の言いがかりと同じことだわね」

淡々《たんたん》と口にするお琴に、お勝は、伸ばしかけた箸を止めた。

「喧嘩のわけを聞いて、なるほどと得心がいけば、相手を怒ることも、幸助を怒ることもないって言いたいの」

言い終わると、お琴は箸を動かして食べ始める。

「どうなの」

お妙が、幸助を窺うように見た。

それでも、幸助は頑《かたく》なに顔を伏せて、食べ物を嚙《か》み砕《くだ》くだけだ。

「言わないの、幸助」

お琴が、幾分、咎《とが》めるような物言いをした。

「あれだよお琴、手跡指南所の成績が上がったり下がったりで、上がった子を恨《うら》めしく思う子はどこにでもいるんだからさぁ」

「幸ちゃん、あんた、駒太郎を恨んだの」

「違う」

幸助が声を出した。

「それじゃ、駒太郎の方があんたを?」

お琴に追及された幸助は、少し迷ったあげくに、黙って頷《うなず》いた。

「違う」

小声を出したのは、お妙だった。

「あのね」

「お妙は黙ってろ」

幸助が、続けて言いかけたお妙に声を荒らげた。

「幸助っ」

お勝は箸を置いて、背筋を伸ばした。

「駒太郎がね、手跡指南所で幸ちゃんに、『捨て子のくせに』って言ったんだよ」

お妙の声は、消え入りそうであった。

「そうしてね、『夕方の根津権現門前町の、妓楼の前に捨てられていたんだぞ』とも言ったの。それで、幸ちゃん、怒って――」

最後の言葉は呑《の》み込んで、お妙も顔を伏せた。

夕餉を食べる段ではなくなっている。

膳を前にした四人が四人とも、黙り込んでしまった。

二

お勝一家の沈黙は、長くは続かなかった。

「妓楼の前かどうかはともかく、置き去りにされたことぐらい、幸助は承知のはずじゃないか」

屈託《くったく》を見せずに言い放つと、お勝は、膳に残っていた食べ物を口に放り入れた。

「ええっ、そうなの？」

お妙が眼を丸くして、幸助を見た。

すると、幸助は頷く。

お妙に眼を向けられたお琴も頷き、口を動かしながら、お勝も大きく頷いた。

「いつのこと」

お妙の声は掠《かす》れている。

「五年前」

幸助がしっかりした声で答えると、お妙は、

「知らなかった」

と呟《つぶや》いて、ため息を洩《も》らした。

「五年前だと、幸助は五つだから覚えているだろうけど、お妙はまだ二つだったからね」

そう口にした途端、お勝は、当時のことがふと頭をよぎった。

そのとき、五つだった幸助は自身番に預けられて、町内の世話焼きや目明かしの作造などが、迷子になった経緯《いきさつ》を尋ねたと、お勝は後日、町役人の伝兵衛から聞かされていた。

そのとき、幸助が話したことによると、一緒に暮らしていた母親が、突然姿をくらませたのが、二年前のことだった。

父親は仕事も手につかず、幸助はいつも腹を空《す》かせていたという。

五年前、幸助は、おっ母さんがいるかもしれないと言われて、父親に連れられて根津権現門前町にやってきたのだった。

何軒か妓楼を訪ねたが、どこにも、捜す母親はいなかった。

その日はあいにく、根津権現社の祭りの日で、岡場所一帯は混雑していた。

幸助は、父親の手に引かれて歩いていたが、人混みに揉《も》まれるうちに、父親の手が離れ、とうとうはぐれてしまったのである。

幸助は、一人になってしまった状況を、目明かしの作造にそう語っている。

幸助の母親の名は〈お綱《つな》〉と言った。

町役人や目明かしたちが、根津の妓楼に問い合わせてみると、根津権現門前町の『大黒屋《だいこくや》』という妓楼にいた〈紅葉《もみじ》〉という娼妓《しょうぎ》が〈お綱〉だと判明した。

しかし、年季が明けた五年前、所帯を持つと言って根津を去ってからのことは、誰も知らないとのことだった。

江戸のような大都《だいと》ともなると、親などとはぐれてしまうと、二度と会えずに孤児《みなしご》になる例は数えきれずある。

仕方なくはぐれることもあったが、捨て子も多かった。

お勝は、その当時、幸助は父親に捨てられたのではないかと感じていたが、そのことは一言も口にしていない。

だが、五つになっていた幸助は、あの当時、薄々感じ取っていたのかもしれない。

お勝が幸助を我が家に引き取ってから二年ほどは、口数も少なく、『ごんげん長屋』の住人たちとも馴染《なじ》むことはなかった。

周りに対して心を開き始めたのは、この二、三年のことである。

「お妙、あんた何をそんなにしょんぼりしてるのよ」

お琴が、気の抜けたようなお妙に声を掛けた。

「だって、幸ちゃんが貰《もら》いっ子なんて知らなかったもん」

「わたしだって、おんなじ貰われっ子だよ」

お琴は、屈託のない笑顔を見せた。

すると、お妙の顔も体も硬直した。

「わたしは、七年前、五つのときにおっ母さんに引き取られて、育ててもらったの」

「嘘《うそ》だ」

お妙が、咄嗟《とっさ》に声を出した。

「ほんとさ」

さらりと口にしたお勝は、茶碗の飯を搔《か》き込み、

「ごちそうさま」

と、箸と茶碗を膳に置いた。

「お妙も七つになって、今度の七五三では帯解《おびとき》のお祝いだ。夕餉の片付けが済んだら、この際、みんなに洗いざらい話をしようじゃないか」

少し改まったお勝は、三人の子供たちに微笑《ほほえ》みを向けた。

お勝と三人の子供が、手分けして夕餉の後片付けを済ませたのは、六《む》つ半時分（午後七時頃）だった。

行灯の近くに手焙《てあぶ》りを置き、その周りに四人が集まった。

『ごんげん長屋』の住人の多くは、いつもこの刻限には夕餉を済ませている。だが、寝るにはまだ早い。

井戸端《いどばた》から水を注ぐ音がしている。

明朝の煮炊《にた》きのためか、水を満たした鉄瓶《てつびん》を火鉢《ひばち》に掛けて床に就《つ》き、湯気で少しでも家の中を暖かくしようという魂胆《こんたん》かもしれない。

どこかで諍《いさか》いが起きたのか、何匹かの猫が、激しく鳴き合っている。

縄張りに侵入した猫を威嚇《いかく》しているのだろう。

「うちの奴、昨日も仲町の飲み屋に引っ掛かって、帰ってきたの、五つ半（午後九時頃）ぐらいだったよぉ」

路地の方からお啓の声がすると、

「うちの岩造もまだなんだけど、ひょっとするとその辺で出くわして、『つつ井』に潜《もぐ》り込んだっていうこともありますね」

お富が、恨みがましい声で応《こた》えた。

「もう少ししたら、『つつ井』を覗きに行ってみますよ」

「わたしもついていく」

お啓が、お富の方針に乗る声がして、二人のやりとりは終わった。

いつもなら、外から届く大人たちのやりとりに軽口を叩いたりする三人の子供も、今夜は神妙に座っている。

「わたしが、お琴を引き取ったのは、七年前だった」

お勝が口を開くと、

「そのとき、わたしも五つだった」

お琴は、幸助とお妙に頷いてみせた。

「お琴は、実家の筆屋《ふでや》の近くが火事になった夜、奉公していた女中に連れられて、根津権現社の境内《けいだい》に避難してきたんだよ」

その夜、類焼《るいしょう》を恐れて逃げ出した人々の多くは、火事場から遠く離れた、広い敷地を持つ寺社に避難をした。

しかし、女中はしばらく一緒にいたのだが、筆屋の様子や、同じ住み込み奉公の女中たちの身が気になって、境内にお琴を残してお店に向かったのだ。

夜が明けて、日が昇る頃になると、避難していた人たちのほとんどは根津権現社から姿を消し、どこかへ立ち去っていた。

だが、帰り道のわからないお琴は、一人で待つしかなかった。

夕刻の境内にぽつんと座り込んだお琴に気づいたのは、根津権現社の老下僕《ろうげぼく》だった。

火事の夜に避難してきたことを知った老下僕は、宮司《ぐうじ》に知らせるとともに、町役人や目明かしにも知らせた。

根津権現社の客殿に集まった大人たちは、お琴から話を聞いて、やっとのことで、筆屋『華舟堂《はなふねどう》』というのが家業だと知った。

だが、集まった大人たちの中に、筆屋『華舟堂』を知っている者はおらず、お琴が首から下げていた迷子札によって、下谷御成街道《したやおなりかいどう》沿いの神田花房町《かんだはなぶさちよう》に住む『琴』だということが判明したのだ。

その日、お琴を伴って神田花房町に行ったのは、目明かしの作造だった。

だが、神田花房町と近隣の三町ほどが焼失《しようしつ》し、筆屋『華舟堂』も焼け落ちていた。

作造が近隣に聞き回ったものの、焼け死んだ者、煙に巻かれて死んだ者の数は六十人以上を数え、誰一人、お琴の親や奉公人たちの消息を知る者はいなかった。

「筆屋『華舟堂』の焼け跡に、娘の消息を知らせる立札を立てることにしたから、誰かが現れるまで、お勝さん、預かってくれないか」

作造に頼まれると、お琴の事情を聞いていたお勝は、迷うことなく引き受けた。

十三年前、近所から出た火事で実家を焼失したとき、二親と兄を亡くして身寄りのない身となったお勝には、お琴の境遇は他人事《ひとごと》ではなかったのだ。

「だけどさ、ひと月待ってもふた月待っても、訪ねてくる人はいなくて、それでお琴はそのままずっと、ここにこうしているってわけだよ」

お勝の話に笑顔で頷いたお琴の来歴を聞いて、幸助とお妙の顔は強張《こわば》っている。

「わたしが、ここに住んでから二年後に、今度は幸ちゃんが一緒に住むことになったのよ」

そう告げたお琴を見て、幸助は小さく頷いた。

「お琴姉ちゃんも、幸ちゃんも、わたしとは、本当のきょうだいじゃなかったんだね」

お妙は唇を嚙んで俯《うつむ》いた。

「きょうだいどころか、おっ母さんだって、おれたちの本当のおっ母さんじゃないんだぞ」

「え」

幸助の言葉に反応したお妙が、息を吞む音がした。

「おれたちって、お琴姉ちゃんと幸ちゃんだよね」

「あんたも」

お琴はさらりと口にして、にこりと笑った。

お妙は愕然《がくぜん》と下を向いた。

「お妙は、幸助を引き取った同じ年に、林光院《りんこういん》の谷中門《やなかもん》の向かいにある妙雲寺《みょううんじ》さんの山門《さんもん》の下に寝かされていたんだよ」

お勝は静かに、まるでおとぎ話でも聞かせるように語り始めた。

「秋の、寒くなりかけた頃だったけど、藁《わら》で作られた籠《かご》の中に敷かれた綿入れの上で、麻《あさ》の葉柄《はがら》の着物に包まれて、あんたは寝ていたんだ。事情があって、どうしても育てられないので、どなたかの手で育ててほしいと訴える書付が添えられて、紙に包まれた二両のお金が置いてあった。その書付には、手放す親がつけた名前は可哀相《かわいそう》だから、育ててくれる人に名をつけてほしいと書かれてあった」

「お妙の名は、おっ母さんがつけたの？」

お琴に聞かれたお勝は、

「うん。妙雲寺さんの山門に寝かされていたから、お妙にしたのさ」

ふふと、小さく笑った。

「言っておくけど、名をつけたのは、町役人も務《つと》める大家の伝兵衛さんや目明かしの作造親分に知らせた後のことだよ」

「でも、なんで、おっ母さんが引き取ることになったのさ」

幸助が、疑問を素直に口にした。

「それは、おっ母さんにだってよくはわからないけど、引き取ったお琴とうまく暮らしていたのを周りの人が見ていたからじゃないかねぇ。それから二年経《た》ったら、今度は幸助も加わって、それでも大した障《さわ》りもなく暮らしていたから、孤児はお勝にまかせろってことになったんだよ、きっと」

「うん、わたしもそう思う」

お琴が、お勝の推測に太鼓判《たいこばん》を押した。

だが、お妙だけは晴れない顔で俯いている。

「お妙、いいかい。お前を手放した親は、お前を嫌ったり憎んだりして寺の山門に置いたんじゃないよ。書付に書かれた一言一句にも、身に着けた着物にも、親の深い情愛が窺えたよ。それにもかかわらず、親には、お前を手放さなきゃいけない事情が――」

そこまで口にしたとき、

「そんなことじゃないんだ」

泣きそうな顔をして声を張り上げたお妙は、土間の下駄《げた》をつっかけて、路地へと飛び出した。

お勝とお琴が立ち上がったとき、

「おっ、お妙ちゃん何ごとだい」

という辰之助の声とともに、

「何を泣いてるんだよ」

と気遣《きづか》う岩造の声も届いた。

家の裏庭から外に出たお勝とお琴は、伝兵衛の家の前をそっと通り過ぎて、辰之助とお啓の家の陰から井戸端を覗き見た。

手拭《てぬぐ》いを首から下げた辰之助と岩造の傍《そば》には、泣きじゃくっているお妙がいて、そこへ、お啓やお富、おたかや藤七まで駆けつけてきたのが見えた。

「お妙ちゃん、何があったんだい」

「わたしは、おっ母さんに拾われた、親なし子だったんだよ」

お妙が、尋ねたお啓に泣きながら訴えた。

「ふぅん、だからなんだい」

そう口にしたのはお富である。

「そんな子供、この辺じゃ、珍しくもなんともないがなぁ」

藤七の口からは、そんな言葉が出た。

「うちの国松なんか、物心ついた時分から今日まで、親の顔を知らないまま生きてきたと言ってるよ」

おたかまで、そんな事実を打ち明けるに至って、お妙の泣き声は小さくなった。

「湯島天神《ゆしまてんじん》の境内には、迷子石《まいごいし》もあるしな」

岩造がそう言うと、

「それがどうしたのさ」

女房のお富が口を差し挟んだ。

「迷子石っつうのはお前、片っ方には迷子を預かっておりますという貼り紙がしてあり、反対側には迷子を捜しておりますという貼り紙をする石の柱のことだよ。その紙には、子の名や年恰好《としかっこう》、親の名や住まいが書いてあるから、子を捜す側は、知らせる紙を見て、うちの子じゃないかと思ったら、訪ねていけるというありがたいものがあると言ってるんじゃねぇか」

「岩造の言う通り、それだけ江戸には迷子が多いってことだよ」

そう口にして、辰之助が小さく頷いてみせた。

「その迷子石で親と巡り会える子供は、ほんの一握りでね。ほとんどの子供は、孤児として、誰かの世話になって大きくなっていくんだよ。悪い仲間と集まって道を外す者もいるにはいるが、家や親兄弟がいながら道を外す者もいるから、孤児だからよくないということはない。世間には、お勝さんみてぇに、親のない子を引き取って育てているお人はどこにでもいるんだよ。それに、どんな不満があるんだい、お妙ちゃん」

藤七に問いかけられたお妙は、小さく何度も、首を横に振った。

実の親を知らない者は自分だけではないのだということを知って、お妙はおそらく、自分一人嘆《なげ》くことはないのだと、七つの娘なりに得心したのかもしれない。

「行くよ」

建物の陰に潜《ひそ》んでいたお勝は、お琴に声を掛けて井戸端へと足を向けた。

「隠れて聞いていましたが、皆さん、いろいろとありがたいお話、ありがとうございました」

お勝が頭を下げると、お琴も倣《なら》った。

「なんだ幸助、お前もいたのか」

岩造が、国松とおたかの家の陰から現れた幸助に声を掛けると、

「ちょうどいい。お琴ちゃん、幸助、お妙ちゃん、ここに並べ」

と指図した。

お琴と幸助とお妙が一列に並ぶと、

「お前たち、上の者を姉ちゃんや兄ちゃんだと思い、下の者を弟だ妹だと思えるのか」

岩造は三人に向かって、偉そうな問いかけをした。

すると、子供たち三人は、揃って頷いた。

「それじゃ、お勝さんを、おっ母さんと思えるかどうかだ」

岩造がさらに問うと、

「思ってる」

お琴ははっきりと口にし、

「おれも」

と、幸助が続き、最後にお妙が、

「思えます」

岩造の顔を見て、答えた。

「よし。だったら今まで通り、それでいいじゃねぇか。何も、難しく考えることはねぇんだよ。いいな」

「はい」

子供三人は、声を揃えて岩造に返事をした。

「へぇ、さすがに鳶《とび》だ。騒ぎの火を消すのがお上手ですよ」

先刻から様子を窺っていたのか、路地の奥から現れたお志麻が、そんな言葉を投げかけて、表の通りへと足を進めていった。

三

『ごんげん長屋』の木戸を出たお勝は、表通りへ出て左へ折れ、鳥居横町前を東西に流れる水路沿いの道を東へと足を向けた。

水路沿いの道をひたすら東に向かえば、天眼寺《てんげんじ》前から善光寺坂《ぜんこうじざか》となり、その坂を上れば大小の寺が建ち並ぶ谷中である。

お勝が、子供三人を自分の元に引き取ることになった経緯を話して聞かせた日の翌日の夕刻である。

この日、質舗『岩木屋』は朝から結構忙しかった。

損料貸しの品物のお届けと引き取りが重なり、蔵番の茂平も、いつもは品物の修繕に専従している要助まで駆り出されて、慶三や弥太郎の手足となってくれた。

店に残っていたお勝は、主《あるじ》の吉之助とともに、質入れにやってきた客の対応で昼頃までてんてこ舞いの有り様だった。

「お邪魔しますよ」

『ごんげん長屋』の大家の伝兵衛が、お勝を訪ねて『岩木屋』に現れたのは、忙しさが一段落した昼頃だった。

「急なことで申し訳ないが、旦那様から使いが来て、お勝さんに今日の夕方、料理屋『喜多村』に来られるかどうか聞いてもらいたいと言うんだよ」

伝兵衛はそう言うと、

「できれば、七つ半（午後五時頃）だとありがたいと仰《おつしや》るんだが、どうだろうね」

弱りきったという顔で、お勝を窺った。

伝兵衛の言う旦那様というのは、料理屋『喜多村』の隠居にして、『ごんげん長屋』の家主である惣右衛門のことであった。

『岩木屋』の勤めが七つ半までだと知っている伝兵衛は、お勝が申し出を受けるかどうか、気が気ではなかったと思われる。

「わたしに否《いな》やはありませんが、『岩木屋』の旦那さんの許しをいただかないと、七つ半前に店を出るわけにはいきません」

伝兵衛にそう返答したのだが、店の奥で話を聞いていた吉之助は、お勝の早退をあっさりと承知してくれたのである。

吉之助はしかも、七つ（午後四時頃）には店を出るよう、気を利《き》かせてくれた。

料理屋『喜多村』は、『ごんげん長屋』の南側の道を東に向かった善光寺坂の上にある。

「『喜多村』の惣右衛門さんと会うことになったから、わたしの分の夕餉は要らない」

『岩木屋』から『ごんげん長屋』に戻る伝兵衛に、お琴への言付けは頼んでいたのだが、七つ半に『喜多村』に着くには十分間があったので、お勝は様子を見に立ち寄ることにしたのだ。

夕餉作りに奮闘しているのかと思っていたら、お琴は、手跡指南所から帰ったばかりの幸助とお妙に、漢字を教えていた。

そこにやってきたお啓が、

「お琴ちゃんたち三人は、うちで食べさせることにしたから心配ないよ」

そう言ってくれた。

そのうえ、お富からは蓮根《れんこん》のきんぴらを貰い、彦次郎の女房およしからは蕪《かぶ》の風呂吹《ふろふ》きのお裾《すそ》分《わ》けがあったという。

それに安心して、善光寺前町にある料理屋『喜多村』へと向かったのである。

夕暮れ時の七つ半ちょうどに、お勝は、『喜多村』の入り口の三和土《たたき》に立った。

「お勝さん、待っていましたよ」

帳場から出てきたのは、惣右衛門の一人娘で、『喜多村』の女将を務める利世《りよ》だった。

「ご無沙汰《ぶさた》をしておりまして」

「なんのなんの、こちらこそですよ。とにかく、上がってくださいよ」

利世に促されて、お勝は三和土から上がった。

「お預かりします」

待ち構えていた老下足番の亀治《かめじ》が、三和土と繋《つな》がっている下足置き場にお勝の下駄を運んでいった。

「こちらに」

利世が、帳場の前から奥に延びる廊下を、お勝の先に立って進んだ。

廊下の角を右へ曲がったところで膝を突いた利世が部屋の障子を開くと、中には惣右衛門と並んだ、利世の娘、お甲《こう》の顔があった。

「ささ、中へ」

利世に勧められるまま、お勝は部屋の中に入った。

「お勝さん、お久しぶり」

「お元気だということは、ご隠居さんから伺っていましたよ」

お勝は利世と並んで腰を下ろすと、お甲に笑みを向けた。

「お勝さん、今日は急なことですまなかったね」

惣右衛門が少し改まった。

「実はね、お甲の縁談が調《ととの》ったものだから、お勝さんには知らせておこうということになったんですよ」

利世が笑顔を浮かべた。

「わたしごときにそんな気遣い、恐れ入ります」

「相手は、本郷の味噌屋《みそや》の後継《あとつ》ぎなんだよ」

「ご隠居さん、本郷なら近くていいじゃありませんか」

「そりゃ、そうだがね」

惣右衛門の顔が、少しだらしなく緩《ゆる》んだ。

「そうなのよ。あたしだってちょくちょくこっちに顔を出せるしね」

「ちょくちょくだなんてお前、それじゃ嫁に行ったことにはなりませんよ」

軽く苦言を呈した利世は、すぐに笑顔になり、

「祝言《しゅうげん》は、お甲が十九になる来年の春にと、向こう様との話がまとまったばかりなの」

安堵したように、お勝に向かって頷いた。

「これで、惣吉《そうきち》さんがこちらにお戻りになったら、女将さんご夫婦も、ご隠居さんも安心でございますねぇ」

「うん、そうなんだ」

惣右衛門は、しみじみと口を開いた。

惣吉というのは、今年二十二になるお甲の兄である。

ゆくゆくは料理屋『喜多村』を継ぐ身の上の惣吉は、日本橋《にほんばし》の料理屋『川《かわ》も』に小僧として修業に赴き、今は、帳場の見習い奉公に勤《いそ》しんでいる。

「小さい時分、お勝さんに躾《しつけ》をしてもらったおかげで、惣吉もお甲も、曲がりなりにも一人前の大人になれそうですよ」

利世は改まると、お勝に頭を下げた。

「よしてくださいよ女将さん。お二人には、わたしがことさら躾をすることなんかありませんでしたよぉ。習いごとの送り迎えと遊びの相手をするくらいで、放

っておいても大丈夫な、楽なお子たちでした」

「でもねお勝さん、良いことは良いと口にし、悪いことは悪いと、小さいわたしにもちゃんと叱ってくれたことは忘れないし、今でもありがたいと思っているのよ」

お甲にそんな言葉を掛けられて、お勝は返す言葉が見つからず慌《あわ》てた。

まさかそんなふうに思っていてくれたとは、今日の今日まで思いもしなかったのだ。

「今日、ここに見えると聞いたから、嫁入りが決まったことを、誰よりも早くお勝さんに知らせたかったの」

お甲の言葉に少し胸が熱くなって、お勝は膝に置いた手に眼を落とした。

惣吉とお甲の世話をするために料理屋『喜多村』に雇われたのは、十五年前のことだった。

利世は女将として料理屋『喜多村』の仕事に眼を配り、婿養子《むこようし》の与市郎《よいちろう》は料理屋の収支など商《あきな》いのことに忙しく、当時、七つと三つの兄妹の世話をするのは到底無理だったのだ。

惣吉とお甲の世話係になったのを機に、お勝は惣右衛門が持っていた『ごんげん長屋』の住人になったのである。

「お勝さんがうちにいたのは、三年くらいだったわね」

「そうでした」

お勝は、お甲に頷いた。

「わたし、どうしていなくなるのよって、泣いた覚えがあるわ。そしたら、根津の質屋さんに奉公するから、いつだって顔を出しますよって。でも、どうしてうちを辞《や》めて、『岩木屋』さんに奉公したのか、不思議に思ったのよ」

「それは、わたしがよくなかったんだよ」

「ご隠居さん、昔のことは、もういいじゃありませんか」

お勝は、やんわりと押しとどめた。

「聞きたいわ」

お甲が、惣右衛門に体を向けた。

「お父っつぁんはね、お勝さんの力量に感心してたのよ。惣吉やあんたの世話だけじゃなくて、忙しいときは『喜多村』で、お膳運びまで買って出てくれたし、お座敷のお客さんとの受け答えもちゃんとできたの。そのうえ、読み書き算盤《そろばん》もできたから、お父っつぁん、お勝さんに女中頭《じょちゅうがしら》になってもらいたいって頼んでしまったんだよ」

利世が口にしたのは、奉公に来てから三年が経った頃のことである。

「だけど、そのことが女中たちに洩れて、当時女中頭だった、おたねさんは気落ちして、うちを辞めようとまで思いつめたらしいんだよ」

「それを知って、お勝さんは『喜多村』を去ることにしたんだ」

惣右衛門は、利世の話の途中に割り込んだ。

「お勝さんはわたしに、そんなことは一切口にしなかったが、当のおたねがわたしに言ったんだ。お勝さんは、わたしを『喜多村』に残すために辞めていったんじゃないでしょうか、とね」

そう言うと、惣右衛門は小さく息を継いだ。すると、

「そうなの」

お甲が身を乗り出してくると、

「さぁ、どうでしたかねぇ」

お勝は、笑って誤魔化《ごまか》した。

「あれは、みんなわたしが悪かった。奉公人の気持ちひとつ汲《く》めなかったわたしの、忘れられないしくじりだ」

惣右衛門は苦笑いを浮かべた。

「与市郎です」

外から声がして、障子が開かれ、

「お勝さんようこそ」

廊下に膝を揃えた与市郎が、笑みを向けた。

「与市郎さん、このたび、お甲さんはおめでたいことで」

「ありがとう」

与市郎は、頭を下げたお勝に、丁寧《ていねい》に礼を返した。

「与市郎、お見えかね」

「はい。二階にご案内したばかりです」

与市郎は、尋ねた惣右衛門に返事をした。

「お勝さん、今夜は、お甲の縁談の知らせもあったが、もうひとつの用件もあったんだよ」

惣右衛門は、穏やかな笑みをお勝に向けた。

お勝は、惣右衛門に続いて階段を上がっていく。

料理屋『喜多村』は、谷中の台地の西側の緩やかな斜面に建っていた。

二階の部屋からは、昼は不忍池も望めるのだが、夜ともなると根津権現門前町の明かりが眼下に見えるはずである。

東叡山の領内にある谷中善光寺前町の北と東には大小の寺、南側には、三河吉《みかわよし》田藩《だ》、松平伊豆守《まつだいらいずのかみ》家下屋敷の広大な敷地があり、昼も夜も静かであった。

惣右衛門が、障子に明かりの映《うつ》る部屋の前で膝を揃えると、お勝もそれに倣った。

「惣右衛門ですが」

声を掛けると、

「入られよ」

中から、しわがれた声がした。

障子を開けた惣右衛門に続いて部屋の中に入ったお勝は、床の間を背にして座っていた老武士に眼を凝《こ》らした。

「崎山《さきやま》様」

思わず、お勝は老武士の名を呟いた。

「変わらぬな」

二千四百石取りの旗本、建部《たてべ》左京亮《さきょうのすけ》家の用人《ようにん》、崎山喜左衛門《きざえもん》が、お勝に眼を留めたまま呟いた。

「いいえ」

「いや、変わらぬ。変わらぬよ」

喜左衛門は、今にも泣き出すのではないかと思うくらい、顔を歪《ゆが》めた。

「ご隠居さんと崎山様とは、いったい、どんな間柄なのでございましょう」

お勝は、二人に眼を転じた。

「崎山様には、十年以上も前から料理屋『喜多村』をご贔屓《ひいき》に与《あずか》っているんだよ」

そう言って笑ったが、これまで崎山喜左衛門の名を、惣右衛門の口から聞いたことは一度もなかった。

「お膳をお持ちしましたが」

「運んでおくれ」

廊下からの声に返答した惣右衛門は、自ら障子を開けた。

料理の膳を抱え持った女中が二人入ってきて、喜左衛門の前と、その向かいに置くと、部屋を出ていった。

「お勝さんは、崎山様の向かいに」

「ご隠居さんは」

「崎山様には、積もる話がおありのようだから、わたしはこれで」

手をついて喜左衛門に辞儀をした惣右衛門は、廊下に出ると障子を閉めた。

「十八年になるな」

二人きりになってしばらくは黙っていた二人だが、先に口を開いたのは喜左衛門だった。

「そう、なりますか」

「なる」

喜左衛門は、おのれにぶつけるような物言いをした。

「せっかくの膳だ。話していては食べられぬ。まずは、食べようではないか」

申し出に頷くと、お勝は喜左衛門の向かいに置かれているお膳の前に膝を進めた。

「いただこう」

喜左衛門の発声を機に、お勝は箸を手にした。

しばらく、声を出すこともなく二人の食事は進んだ。

お勝の方から話をするようなことはなく、無言のままでも息が詰まることはなかったが、

「そなたが建部家の屋敷を去ってからのことは、いささか気にかけていたのだよ」

焦《じ》れたように切り出したのは、喜左衛門の方だった。

「まぁ、食べながら、聞いてくれればいい」

そう前置きをした喜左衛門は、屋敷を去る二年前に、近所から出た火事で実家の旅籠《はたご》が焼失し、二親《ふたおや》と兄をもその火事で失って、行き場がなくなっていたはずのお勝がその後どうやって暮らしを立てたのか、心配だったのだと打ち明けた。

「建部家は、そなたにひどい仕打ちをしてしまった。その一端《いったん》を、お家の用人のこのわしも、担《にな》ったのだ。屋敷を追われたそなたが、建部家を呪《のろ》い、恨みを抱えたまま死ぬようなことがあっては取り返しがつかぬ。それで、密《ひそ》かに屋敷の者に命じて、ときどき、そなたの動向には眼を向けていたのだ」

喜左衛門がそれほどまでに気にかけていたとは、これまでお勝は気づきもしなかった。

箸を持つ手を止めて顔を上げると、喜左衛門は、手にしたお椀《わん》に眼を落とし、

ため息をついたところであった。

四

料理屋『喜多村』の二階の座敷に、どこかの部屋から三味線《しゃみせん》の音が届いている。茅町辺りから芸者を呼んで、踊りを楽しんでいる客がいるのかもしれない。

お勝と喜左衛門の前にあった料理の膳はとっくに片付けられ、二人の前には、茶と羊羹《ようかん》が置いてある。

風が出てきたようだが、南に面した座敷の障子が震えることはなかった。

「牛込御門《うしごめごもん》内のお屋敷を出たのが、十八年前の、あれは——」

喜左衛門は、思い出そうと首を捻った。

「寛政十二年（一八〇〇）でした」

「うむ」

喜左衛門は、声を出して頷いた。

「おそらく、生まれたところに行ったのではないかと馬喰町に人をやったら、思った通り、そなたは、知り合いの旅籠の女将を頼ったとわかったんだよ」

喜左衛門の話に、お勝は頷いた。

頼った旅籠の女将というのは、お勝の実家と同じ旅人宿《りょじんやど》をしていた、『亀屋』のおすまのことである。

お勝は、『亀屋』に住み込むと、無給で女中奉公をした。

おすまからは、給金を受け取るよう申し入れられたが、食べさせてもらえるだけでありがたいと、頑なに断った。

「お勝ちゃんをただ働きさせてる鬼だと思われるのは嫌だから、いい仕事の口を見つけてきたよ」

『亀屋』に住み込んで三月《みつき》ばかり経った頃、おすまは、お勝のために、住み込みの仕事先を見つけてきてくれたのだ。

大身《たいしん》の旗本屋敷で四年も奉公してたというおすまの触れ込みが功《こう》を奏《そう》して、お勝は、江戸橋《えどばし》近くの菓子屋『清水緑風堂《しみずりょくふうどう》』に住み込み女中として雇われた。

お勝はそこで、旗本家勤めの経歴を買われて、六つと三つの、わがまま放題に育った兄弟の世話を託されたのだった。

お勝は、三年間、親が口出しをしないことを条件に引き受けた。

兄弟は、無視と反発と意地悪を繰り返していたが、三年後、世話係を辞めたときには、菓子屋を出たお勝を追って、泣きながら一町（約百十メートル）も追いかけてきたのだが、お勝は心を鬼にして、一度も振り返ることはしなかった。

「その話を、惣右衛門殿は『清水緑風堂』の主から聞いたのだよ」

喜左衛門の口から、思いがけない話が出た。

「料理屋『喜多村』では、『清水緑風堂』の菓子もお客に出していたから、前々からの知り合いだった。惣右衛門殿は辞める前からそなたの評判を耳にしていたそうだ。ま、そのことは、わしがこの『喜多村』の客になってから聞いたことではあるがな」

「なるほど、そうでしたか」

お勝は、『清水緑風堂』から暇《ひま》を貰う際のことを思い出していた。

住み込み奉公を辞めた後、次の仕事の当てはあるのかと、『清水緑風堂』の主人から尋ねられたお勝は、正直に、ないと答えた。

すると、子供の世話をする女中を探しているお人がいるが、その気があるなら訪ねるようにと勧められた先が、料理屋『喜多村』だったのだ。

『喜多村』を訪ねたお勝は、主人夫婦の子供、惣吉とお甲の世話を頼まれて、すぐに引き受けたのである。

「それから、もう十五年か」

「はい」

小さく返事をしたお勝は、つい笑みを浮かべた。

「ん」

湯呑に伸ばしかけた手を、ふと、喜左衛門が止めた。

お勝の笑みのわけが気になったのかもしれない。

「いえ。なんだか、あっという間の年月だったなと、今、ふっと」

お勝は、笑顔を作った。

「そなたがここを辞めて、質屋勤めをするようになった顚末《てんまつ》も、惣右衛門殿から聞いてるが、何かと苦労をしたものだな。随分《ずいぶん》と骨が折れたろう」

「なんの」

お勝は、ゆっくりと首を横に振った。

「屋敷を出た後のことは、建部家が面倒を見るつもりだったのに、よもや、そなたに断られるとは思いもしなかった」

「崎山様」

「いや、わかる。わかっておるよ。そなたにも、意地というものがあったのだろう」

「ありました」

喜左衛門の顔を見て、お勝ははっきりと口にした。

「うむ。『旗本がなんだ。武家がなんだ。建部家なんかとは、今後一切縁を切ります』と、寺の山門に立つ、風神雷神《ふうじんらいじん》のような形相《ぎょうそう》で啖呵《たんか》を切った姿は、今でもこの眼に焼きついておる」

そう言うと、喜左衛門は、小さく苦笑いを浮かべた。

「お、そうだ。日本橋亀井町《かめいちょう》にある香取神道流の近藤道場の師範《しはん》のご妻女《さいじょ》は、そなたの幼馴染《おさななじ》みだそうだな」

「どうして、それを」

「そなたの動向を知るために、知り合いの多い馬喰町に屋敷の者を何度も行かせたし、存じ寄りの旗本家の子弟の何人かが、近藤道場の門弟でもあったのだよ」

喜左衛門が口にした、師範のご妻女というのは、幼馴染みの沙月のことに違いない。

娘の頃のお勝に小太刀《こだち》の手ほどきをしてくれた弟子が、後年、沙月の婿となって道場を引き継いでいたのだ。

「師範のご妻女によれば、そなたは小娘の時分から、近所の餓鬼大将《がきだいしょう》からも、怒らせたら始末に負えないと恐れられ、この辺りでは今、かみなりお勝とも呼ばれているそうではないか」

「とんでもない」

「いいや。そなたは、建部家とは一切関わらぬと、雷《かみなり》を落として去っていったのだ。怒らせたら始末に負えないという、評判通りの生き方を貫《つらぬ》いているのだよ」

喜左衛門の言葉には、お勝を非難するような響きはなかった。

むしろ、労《いたわ》るような温もりがあった。

「お勝さん」

「はい」

「そなたは、意地になって聞こうともしないから、わしの方から切り出すが、市《いち》之助《のすけ》様は健《すこ》やかにお過ごしだよ」

喜左衛門の言葉に、お勝は思わず息を吞んでしまい、返事ひとつできない。

「元服《げんぷく》の折、市之助という幼名から、源六郎《げんろくろう》と名を変えられたことは、知っていたかね」

「いいえ」

首を振ったお勝から、小さく掠れた声が出た。屋敷を去ってからは、建部家の様子などお勝の耳に届くわけもなく、また、知ろうともしなかったのだ。

「源六郎様は、今年十九になられたよ」

喜左衛門は、感慨深げな声を出した。

十九――胸の中で呟いて、お勝は顔を天井に向けた。

十六から建部家に奉公し、十八の年に二親と兄が焼死。その翌年、お勝に建部家の当主、左京亮の手がついた。

左京亮はそのとき、四十に手が届くかという頃であった。

身籠《みご》もったお勝は、さらにその翌年、二十歳《はたち》で男児を産んだ。

それが、市之助である。

建部家にやっと、跡継《あとつ》ぎとなる男児が生まれたということに、親戚や家臣一同が大いに歓喜したという話は、お勝も知っていた。

跡継ぎの母となったお勝は、周りの者たちから一目置かれるようになったものの、左京亮の正室、久江《ひさえ》が、お勝の家柄に難色を示した。

ついには、市之助が建部家の後嗣《こうし》となったからには、産んだ母親などは不要と言い出した。

つまり、市之助はお勝が産んだ子ではなく、〈建部家に忽然《こつぜん》と生まれた後嗣〉として、久江が手元に置いて育てることになってしまったのである。

「あなた様には、身ひとつでお屋敷を出ていただきたい」

そう言って、建部家の決定をお勝に突きつけたのが、用人、崎山喜左衛門だった。

建部家は、お勝と市之助の切り離しを図った。

それに対し、お勝は強硬に抗《あらが》ったのだが、決定が覆《くつがえ》ることはなかった。

お勝は、自分に労りの心情を見せていた喜左衛門の説得に、ついに折れた。

その後の暮らし向きの援助をすると聞かされたのだが、お勝は怒りにまかせて拒《こば》み、建部家との絶縁を口にしたのである。

「建部家の仕打ちを、いまだに、恨んでおいでか」

少し改まった喜左衛門が、探るような眼をお勝に向けた。

「忘れました。忘れることにしましたよ、昔のことは」

「忘れられたかね」

「普段は、昔のことなど、頭の隅にもありませんが」

そこまで口にして、お勝は言葉を呑み込んだ。

損料貸しの仕事で旗本屋敷を訪れるときなど、軽く、ちくりと胸を刺されることはあった。しかも、建部家にいた当時を知る、崎山喜左衛門を前にすれば、胸の奥底に澱《おり》となって溜《た》まっていた事柄が、走馬灯《そうまとう》のように頭を駆け巡るのは避けがたい。

「市之助様のことは、どうじゃ」

「それは、忘れました」

「まさか」

喜左衛門は、意外そうな顔をした。

「崎山様、わたしがあの子と引き離されたのは、産んで三月か四月のときでした。覚えているのは、そのときの顔だけなんです。その顔も、一年経ち、二年経ちするうちに、朧《おぼろ》になってしまいました。今年十九になった顔なんて、わたしの眼に浮かびようもありませんからねぇ。これはもう、忘れたのも同じなんですよ」

お勝が口にしたことは、正直な思いだった。

ただ、二十のときに市之助という男児を産んだこと、これだけは決して忘れてはいない。

「恨みを忘れたと言うなら、思い切って言うが、そなたに会おうと思い立ったのは、久江様のことがあったゆえでな」

喜左衛門が口にしたことに、お勝はふっと眉《まゆ》をひそめた。

「このところ、あのお勝はどうしているのであろうかと、ときにふと、口になさることがあってな」

お勝にはとても信じられない話である。

「そなたが建部家を去って五年後、左京亮様の側室に男児が生まれたのが、今日の始まりだったのだ」

喜左衛門は大きなため息をついた。

左京亮の側室、お初の方《かた》が左馬之助《さまのすけ》を産んだことで、建部家には言うに言われぬような息苦しさが芽生《めば》えたという。

左馬之助が成長するにしたがい、建部家の跡継ぎは源六郎だという、これまでの決定が揺らいでいるのだと、喜左衛門が打ち明けた。

「後嗣は当然、年長の源六郎様と決まっていた。ところが、側室のお初の方様が、そのことに異を唱《とな》えられておるのじゃ。お手付き女が産んだ源六郎様と、側室が産んだ左馬之助様では、出自《しゅつじ》に優劣《ゆうれつ》があると申されているのだよ。そんなことが持ち上がって、跡継ぎのことが一筋縄《ひとすじなわ》ではいかなくなって、久江様は、このところ、何やら気弱になられた」

「崎山様、お家の内情を聞かされましても、わたしにはもはや、関わりのないことでして」

「いや、わかる。わかってはおるが、久江様も、今ではそなたを去らせたことを悔《く》やんでおいでのようで」

思わぬ喜左衛門の言葉に、お勝は黙った。

今さら何を——そう言い返したかったが、思いとどまった。

わたしを追い払ったのは、久江ではないか——腹の底で、にわかに怒りが込み上げる。

跡継ぎの母となれば、建部家の中では正室と肩を並べる存在にもなりうる。

そうなることを恐れた末の、久江の仕打ちだったと思われたが、そんな野望などお勝には一切なかった。

建部家の決定に頑なに抗ったのは、母と子を切り離そうとする理不尽《りふじん》さに対しての、怒りと悲しみが理由であった。

「いや、すまぬ。お家のことなど話しても、そなたは、今さら何をと思うだけであろうな」

喜左衛門の問いかけに、お勝は何も答えなかった。

「わかった、もういい。お家のことは、もう口にはするまい。ただ、今日かぎりとは言わず、この後も、たまにこうして、わしと会ってはもらえまいか」

その申し出に、お勝は迷った。

「わしも、もう年じゃ。いつお迎えが来てもおかしくはない。そんなことを思うと、これまでおのれが重ねてきた罪の数々、お家のために、理不尽な仕打ちに及んだ数々を、少しでも洗い流してから冥土《めいど》に旅立ちたくなったのだよ。ことに、そなたからは、わしへの恨み言を聞かせてもらいたいのだ。非難の言葉を聞くことで、おのれの罪を軽くしたいものだと——身勝手だとは思うが」

「身勝手です」

お勝はそう言い切った。

喜左衛門は、黙って頷いた。

「恨み言など一切言うつもりはありませんが、たまに、顔を合わせて茶を飲んだりするくらいは、お受けいたしましょう」

「ありがたい」

一言そう叫ぶと、喜左衛門は畳に両手をついた。

顔を伏せた喜左衛門の頭髪は以前よりも黒味が失せ、ほとんどが白髪《しらが》に占《し》められていた。

二人の間に、十八年という年月が流れていたことを思い知らされる。

「崎山様、お手を」

お勝の声が、少し掠れた。

喜左衛門がゆっくりと顔を上げると、眼の周りが微《かす》かに濡れているのに気づいた。

「お尋ねしますが、こちらの惣右衛門さんは、わたしと市之助の関わりをご存じでしょうか」

「いや、そのことを話したことはない」

「では、これからも、是非、ご内密に」

「承知した」

喜左衛門は、またしても深々と頭《こうべ》を垂れた。

五

上野東叡山の時《とき》の鐘《かね》は、不忍池の東側の大仏前で撞《つ》かれる。

不忍池からほど近い谷中善光寺前町に、五つ（午後八時頃）を知らせる鐘の音が届いている。

料理屋『喜多村』の入り口の前には辻駕籠《つじかご》が待っていた。

お勝は、惣右衛門と利世、与市郎夫婦とともに表に出ると、崎山喜左衛門が駕籠に乗って去っていくのを見送った。

「二人がどんな話をしたのか知らないが、おいでになったときより、崎山様の顔は穏やかに和《なご》んでいたねぇ」

「そうでしょうか」

お勝は、惣右衛門が言ったようなことには、気が回っていなかった。

「何か、安堵したような様子だった」

惣右衛門の口ぶりに、お勝は小さく頷いた。

「お勝さん、これ」

利世が、火を灯した提灯《ちょうちん》を差し出した。

「それじゃ、お借りします。おやすみなさい」

受け取ったお勝は、一礼して坂道を下り始めた。

おやすみ、気をつけてと、見送りの三人の声が、背中に飛んできた。

お勝の手には、明日の朝餉の足しにと『喜多村』から持たされた、煮物や焼き物の入った折り詰めがぶら下がっている。

子供たちは大喜びだろう。

酒が入って上気《じょうき》した顔に、夜風が心地よい。

上気しているのは、酒のせいだけではなかった。

忘れていた我が子の成長を聞いたせいかもしれない。会いたいとは思わないが、いささか安堵したのはたしかである。

喜左衛門には忘れたと返事をしたが、市之助のことは、やはり、無理やり胸の奥に押しやっていたようだ。

善光寺坂を下るお勝の下駄の音が、夜の静寂《しじま》に吸い込まれていった。

根津権現門前町一帯は、昇ったばかりの朝日に輝いていた。

早々に朝餉を済ませると、お勝と三人の子供たちは、『ごんげん長屋』を後にして、根津権現社へと向かっている。

十一月十五日は七五三である。

今年七つのお妙は、着物の付《つ》け紐《ひも》をやめて、帯で着物を締め始める帯解を迎えた。そこまで成長したことを、土地の氏神《うじがみ》様に報告とお礼をするのが習わしであった。

根津権現社に近づくにつれて、晴れ着に身を包んだ子供たちと歩く親たちの姿も多く見られるようになった。

お勝と三人の子供が質舗『岩木屋』の前に差しかかると、店の大戸《おおど》はすでに開けられており、慶三が乾《かわ》いた路面に水を撒《ま》いていた。

「こりゃ、おめでとう」

笑みを浮かべた慶三が、お妙に声を掛けると、

「番頭さんたちが、来ましたよ」

開いていた戸の中に向かって叫んだ。

すると、吉之助とおふじ夫婦を先頭に、茂平や弥太郎まで表に出てきた。

「お妙ちゃん、七つのお祝い、おめでとう」

「ありがとうございます」

お妙は、吉之助夫婦に頭を下げた。

すると、

「これは、もしかして、おもよさんのお祝いの生地《きじ》だね」

おふじは、お妙が着ている着物に手を触れた。

おもよというのは、神田の瀬戸物屋に嫁《とつ》いだ吉之助の妹の名である。

お妙が七つになるのを覚えていてくれて、先日、祝いだと言って、反物《たんもの》をくれたのだ。

「おっ母さんとわたしと、交代で縫い上げました」

お琴が、照れたような物言いをした。

「いい出来だよ、お琴ちゃん」

そう言うと、おふじは改めてお妙の着物を見た。

「だけど番頭さん、帯解のときは、父親か、家に出入りする職人だかが、女の子を肩に乗せていくんじゃなかったかね」

そう口にした茂平が、小さく首を捻った。

「そういうことをする家もあるが、あれはただの見栄だって噂《うわさ》だぜ、茂平さん」

弥太郎が口を挟んだ。

「いや、それもありますが、七つの娘に裾の長い着物を着せると、歩くときに泥がつくから、肩に乗せたって説も聞きましたが」

慶三も異説を唱えた。

「お妙の着物はこの通り、裾の長いもんじゃありませんから、権現様までは歩いて行きますよ」

「うん」

お妙は、お勝に同調して大きく頷いた。

「それじゃ旦那さん、お参りを済ませたら戻りますんで、それまで帳場をよろしくお願いします」

そう言うと、お勝は子供たちの背中を押すようにして、根津権現社の方へと歩き出した。

お妙の七五三詣《しちごさんもう》でを済ませたお勝が、『岩木屋』の土間に足を踏み入れたのは、五つ（午前八時頃）を少し過ぎた時分である。

「お帰りなさい」

声を掛けたのは、帳場の吉之助に茶を置いた、台所女中のお民だった。

「早いお帰りで」

板張りで紙縒《こよ》りを縒《よ》っていた慶三からも声が掛かった。

「もう少しのんびりできるかと思ってましたけど、いやいや、あの人出には呆《あき》れましたよ。並んだ店に人が集まったりして、まっすぐなんか歩けやしません」

笑って愚痴《ぐち》をこぼしながら、お勝は土間を上がり、火鉢の火加減を見た。

「子供たちは、帰ったのかね」

「今、表で別れました」

お勝は、帳場の吉之助に頷いた。

「そうだ、お民。今の話、番頭さんに話してごらんよ」

帳場から立った吉之助が、お勝の近くに膝を揃えた。

「お民さんの話というと」

「いえね。わたしと同じ長屋に住んでる人の、五つになる男の子が、昨日、表通りをすっ飛ばしてきた炭屋《すみや》の荷車に当たって、怪我をしたんだよ」

そう言うと、お民は眉を曇らせた。

「道に倒れて動けなくなったその子を、表通りの奉公人たちが、親のところに運んでくれたんだけど、医者に診《み》せたら、足の骨が折れてるっていうじゃないか」

「ところが、子供にぶつけたのを知っていながら、炭屋の荷車は池之端七軒町の方に走り去ったっていうんだよ」

吉之助が、お民の話を補《おぎな》った。

「ひどい話だ」

紙縒りを縒りながら、慶三が舌打ちをした。

お民が言うには、子供が荷車にぶつけられたところを見ていた者は何人かいたようだ。

根津権現門前町の自身番近くの塩屋の小僧や、一膳飯屋《いちぜんめしや》の小女《こおんな》、それに、『床《とこ》辰《たつ》』という髪結床《かみゆいどこ》の、辰吉《たつきち》という髪結が見たという。

「その人たちの話をまとめるとね、表通りを行き交《ゆか》う人たちは、我が物顔で走ってくる炭屋の荷車に、慌てて飛び退《の》いたんだが、五つの子供は逃げ遅れたらしいよ」

そう言って、吉之助が小さくため息をついた。

「どこの炭屋だろう」

「髪結は、車を曳いていた男たちの半纏の襟《えり》に、『笹熊《ささくま》』ってあったのを眼にしたって」

お勝の疑問に、お民が答えた。

「しかし、髪結は眼がいいね」

慶三が呟いた。

「髪結は、いつも表の通りを向いて客の頭を結《ゆ》ってるから、眼が利くのさ」

髪結を生業《なりわい》にする者は、通りを行き来するお尋ね者や不審な連中を見かけたら、役人に知らせる役割を担っているということを、お勝は以前、目明かしになっている幼馴染みの銀平から聞いたことがあった。

「しかし、炭屋は何軒か知ってるが、『笹熊』というのは、耳にしたことはないね」

吉之助が首を傾《かし》げると、

「根津の門前町で不心得なことをしでかすのは、大方、新参の連中でやすよ」

茂平が、忌々《いまいま》しげに吐き捨てた。

「その子の二親は、医者への払いをどうしたもんかと、昨日からため息のつき通しですよ」

お民も、深いため息をついた。

お民が住むという『清兵衛店《せいべえだな》』は、根津権現門前町と水路を挟んだ東側の、谷中片町の飛び地にあった。

吉之助の許しを得て『清兵衛店』に赴いたお勝は、足の骨を折ったという五つの男児を、その母親と二人で抱え、木戸口に止めていた弥太郎の大八車に乗せた。

荷台に横になった子供には、弥太郎が寒さ除《よ》けの筵《むしろ》を掛けた。

「おっ母さん、心配しなくていいからね」

そう言い置くと、お勝は弥太郎の曳く大八車に続いて足を速めた。

『岩木屋』の仕事が一段落するいつもの昼過ぎ、お勝は、非情な炭屋から、子供の医者代を引き出さなければならないという思いに駆られたのである。

治療をした医者に聞くと、ひとまずの治療代は一朱だが、治るまでには少なくとも、あと二分は必要だろうということだった。

炭屋『笹熊』は、旗本、京極《きょうごく》家屋敷の北隣の池之端七軒町に暖簾《のれん》を掲《かか》げていた。

「ごめんよ」

暖簾を割って炭屋の土間に足を踏み入れたお勝は、弥太郎に、子供を乗せた大八車ごと、土間に入れさせた。

「い、いったいなんですか」

帳場に座っていた四十ほどの男は色めき立ち、土間で切った炭を俵《たわら》に詰めていた男たち三人が、肩を怒らせてお勝たちを囲んだ。

お勝は、荷台の筵を外して、横になっている子供を店の者たちに晒《さら》した。

「この子は、昨日、通りを駆け抜けた炭屋『笹熊』の荷車にぶつけられて、足の骨を折ったんだが、いまだに詫びひとつしないこちらさんに、治療代をいただきに参りました」

「うちの者が、そんなことをしたとは思えませんが」

帳場から立ってきた四十男が、笑み交《ま》じりで慇懃《いんぎん》な物言いをした。

「炭で黒くなったこの中の何人かは、思い当たることがあるんじゃないのかね」

「治療代をむしり取りたいおっ母さんの気持ちはわかるが、言いがかりはよくねぇな」

顔が炭で黒くなった男の一人が、薄笑いを浮かべてお勝に凄《すご》んだ。

「言いがかりと言っていいのかね。なんなら、汚れた顔を洗って待っててておくれ。子供を跳ね飛ばした車を曳いていた男たちの半纏には、『笹熊』の名が入っていたことはわかってるんだ。そいつらの顔を見た者もいるんだよ。その人たちを連れてきて、顔を確かめさせてもいいんだよ」

お勝が筋道を立てて口にすると、店にいた者たちは黙り込んだ。

「裏で話を聞いていましたが、これは、脅《おど》しですか」

縹色《はなだいろ》の着物に同色の羽織《はおり》を着た五十絡みの男が、奥の暖簾を割って現れ、

「わたしは、『笹熊』の主の亥太郎《いのたろう》です」

そう名乗って、土間に近い框に膝を揃えた。

「脅しじゃなく、これは談判《だんぱん》ですがね」

「おっ母さんの気持ちもわかりますが、天下の往来というのは、人も通れば牛馬も通ります。盤台《ばんだい》を下げた棒手振《ぼてふ》りも荷を積んだ車も行き交うところなんですよ。そこで、何かが触ったの、ぶつけたのぶつけられたのと言い始めたら、治療代がかさむばかりで、大変なことになるんですよ」

「だから一文たりとも出さないということですか」

お勝が薄笑いを浮かべると、亥太郎の眼が不気味に据《す》わった。

「わたしゃ、損料貸しもしている質屋の番頭だが、貸したものに疵《きず》がついたら元の姿に戻すために修繕代を頂戴《ちょうだい》することになってます。ましてや、人に傷を負

わせたら、治療代を払うのは、筋だと思いますがね。それに、子は宝と昔から言うじゃありませんか。お宝に疵をつけていながら頰被《ほっかむ》りするというのは、真っ当な商人のやることじゃありませんよ、『笹熊』の旦那」

お勝も、少し凄んでみせた。

「損料貸しもしている質屋と言ったね」

「根津権現門前の『岩木屋』です」

お勝が答えると、

「そこの番頭のお勝さんです」

弥太郎が付け加えた。

「あの、かみなりお勝――」

低い声を出したのは、帳場にいた四十男である。

「治療代は、いかほどになりましょうか」

突然、亥太郎が神妙に畏《かしこ》まった。

「医者の話だと、あと二分は入用《いりよう》だそうです」

「番頭さん」

お勝の返事に頷いた亥太郎は、四十男に向かって、指を二本立てた。

帳場に這《は》い寄った四十男が、金の箱から何かを摑《つか》んでくると、お勝の前に二両を置いた。

「二分と言いましたが」

「多い分は、気持ちです」

亥太郎は両手をついた。

「わたしは、たかりに来たわけじゃありませんがね」

きつい口ぶりに困惑した亥太郎は、巾着《きんちゃく》から二分を摘《つ》まんで、お勝の前に置いた。

「たしかに」

摘まんだ二分を袂に落としたお勝は、

「弥太郎さん、引き揚《あ》げるよ」

と、弥太郎が曳く大八車を後ろから押して、表通りへと出た。

「おや、『岩木屋』さんは、子供の損料貸しまで始めたのかい」

通りがかりの焼き芋屋から、からかうような声が飛んできた。

「なぁに、損料は貰ったから、親元へ返しに行くとこだよぉ」

お勝の大声が、冬空に響き渡った。

この作品は双葉文庫のために書き下ろされました。

双葉文庫

か-52-06

ごんげん長屋《ながや》つれづれ帖《ちよう》【一】

かみなりお勝《かつ》

2020年10月18日　第1刷発行
2022年11月28日　第7刷発行

【著者】
金子成人《かねこなりと》

【発行者】
箕浦克史
【発行所】
株式会社双葉社
〒162-8540 東京都新宿区東五軒町3番28号
［電話］03-5261-4818(営業部)　03-5261-4868(編集部)
www.futabasha.co.jp(双葉社の書籍・コミックが買えます)
【印刷所】
中央精版印刷株式会社
【製本所】
中央精版印刷株式会社

【フォーマット・デザイン】
日下潤一

ISBN978-4-575-67023-3 C0193
Printed in Japan